Contemporánea

Enrique Vila-Matas (Barcelona, 1948) es uno de los más destacados escritores europeos del momento y su obra ha sido traducida a treinta y cinco idiomas. Sus libros transitan con éxito por diferentes géneros, en los que siempre quedan patentes su estilo singular y su indisociable universo narrativo. De su trayectoria narrativa destacan *En un lugar solitario* (1973), *Historia abreviada de la literatura portátil* (1985), *Suicidios ejemplares* (1988), *Hijos sin hijos* (1993), *Bartleby y compañía* (2000), *El mal de Montano* (2002), *París no se acaba nunca* (2004), *Doctor Pasavento* (2005), *Dietario Voluble* (2008), *Dublinesca* (2010), *Chet Baker piensa en su arte* (2011), *Aire de Dylan* (2012) y *Kassel no invita a la lógica* (2014).

Entre sus libros de ensayos literarios encontramos *El viajero más lento* (1992, 2011), *Desde la ciudad nerviosa* (2000), *El viento ligero en Parma* (2004), *Perder teorías* (2010), *Una vida absolutamente maravillosa* (2011) y *Fuera de aquí* (2013).

Ha obtenido, entre otros galardones, el Premio Ciudad de Barcelona, el Premio Rómulo Gallegos y el Prix Paris Au Meilleur Livre Étranger en 2001; el Prix Médicis-Étranger y el Prix Fernando Aguirre-Libralire en 2002; el Premio Herralde y el Premio Nacional de la Crítica de España en 2003; el Premio Internazionale Ennio Flaiano, el Premio de la Real Academia Española y el Premio Fundación Lara en 2006; el Premio Elsa Morante en 2007; el Premio Internazionale Mondello en 2009; el Premio Leteo y el Prix Jean Carrière en 2010; el Premio Bottari Lattes Grinzane en 2011; el Premio Gregor von Rezzori en 2012; y el Premio Formentor de las Letras por el conjunto de sus obras en 2014.

Es Chevalier de la Legión de Honor francesa y Officier de l'Ordre des Arts et des Lettres desde 2013, pertenece a la convulsa Orden de los Caballeros del Finnegans, y es rector (desconocido) de la Universidad Desconocida de Nueva York, con sede en la librería McNally & Jackson.

Enrique Vila-Matas

Suicidios ejemplares

DEBOLS!LLO

Primera edición: octubre, 2015

© 1991, Enrique Vila-Matas
© 2015, Penguin Random House Grupo Editorial, S. A. U.
Travessera de Gràcia, 47-49. 08021 Barcelona

Printed in Spain – Impreso en España

ISBN: 978-84-9062-422-7
Depósito legal: B.18.871-2015

Compuesto en gama, sl
Impreso en Liberdúplex
Sant Llorenç d'Hortons (Barcelona)

P 6 2 4 2 2 7

Penguin
Random House
Grupo Editorial

A Paula de Parma

VIAJAR, PERDER PAÍSES

Hace unos años comenzaron a aparecer unos *graffiti* misteriosos en los muros de la ciudad nueva de Fez, en Marruecos. Se descubrió que los trazaba un vagabundo, un campesino emigrado que no se había integrado en la vida urbana y que para orientarse debía marcar itinerarios de su propio mapa secreto, superponiéndolos a la topografía de la ciudad moderna que le era extraña y hostil.

Mi idea, al iniciar este libro contra la vida extraña y hostil, es obrar de forma parecida a la del vagabundo de Fez, es decir, intentar orientarme en el laberinto del suicidio a base de marcar el itinerario de mi propio mapa secreto y literario y esperar a que éste coincida con el que tanto atrajo a mi personaje favorito, aquel romano de quien Savinio en *Melancolía hermética* nos dice que, a grandes rasgos, viajaba en un principio sumido en la nostalgia, más tarde fue invadido por una tristeza muy humorística, buscó después la serenidad helénica y finalmente —«Intenten, si pueden, detener a un hombre que viaja con su suicidio en el ojal», decía Rigaut— se dio digna muerte a sí mismo, y lo hizo de una manera osada, como protesta por tanta estupidez y en la plenitud de una pasión, pues no deseaba diluirse oscuramente con el paso de los años.

«Viajo para conocer mi geografía», escribió un loco, a principios de siglo, en los muros de un manicomio francés.

Y eso me lleva a pensar en Pessoa («Viajar, perder países») y a parafrasearlo: Viajar, perder suicidios; perderlos todos. Viajar hasta que se agoten en el libro las nobles opciones de muerte que existen. Y entonces, cuando todo haya terminado, dejar que el lector proceda de forma opuesta y simétrica a la del vagabundo de Fez y que, con cierta locura cartográfica, actúe como Opicinus, un sacerdote italiano de comienzos del 300, cuya obsesión dominante era interpretar el significado de los mapas geográficos, proyectar su propio mundo interior sobre ellos —no hacía más que dibujar la forma de las costas del Mediterráneo a lo largo y a lo ancho, superponiéndole a veces el dibujo del mismo mapa orientado de otra manera, y en estos trazados geográficos dibujaba personajes de su vida y escribía sus opiniones acerca de cualquier tema—, es decir, dejar que el lector proyecte su propio mundo interior sobre el mapa secreto y literario de este itinerario moral que aquí mismo ya nace suicidado.

MUERTE POR *SAUDADE*

En aquellos días tenía yo nueve años y, por si no anduviera ya muy ocupado, me había buscado una nueva ocupación: había dejado que en mí creciera una súbita curiosidad por saber qué sucedía más allá de las paredes de mi casa o de la escuela, una repentina curiosidad por lo desconocido, es decir, por el mundo de la calle o, lo que venía a ser lo mismo, por el mundo del paseo de San Luis, donde mi familia vivía.

Por las tardes, en lugar de ir directamente de la escuela a casa, había empezado a demorarme un rato por la zona alta del paseo y a observar el ir y venir de los transeúntes. No regresaban mis padres hasta las ocho, y eso me permitía retrasar casi una hora mi vuelta a casa. Era una hora en la que cada día me encontraba mejor, porque siempre sucedía algo, algún mínimo acontecimiento, nunca nada del otro mundo, pero suficiente para mí: el tropezón de una señora gorda, por ejemplo, el viento de la bahía provocando el vuelo de una pamela que yo imaginaba infeliz, la bofetada terrible de un padre a su hijo, los pecados públicos de la taquillera del Venus, la entrada y salida de los parroquianos del Cadí.

La calle empezó a robarme una hora de estudio en casa, una hora que yo recuperaba gracias al sencillo método de recortar el tiempo que tras la cena dedicaba a la lectura de grandes novelas, hasta que llegó un día en que el hechizo del paseo de San Luis fue tan grande que me robó íntegro el tiempo de la lectura. En otras palabras, el paseo sustituyó a las grandes novelas.

Ese día me atreví a regresar a casa a las diez, ni un minuto antes ni uno después, justo a la hora de la cena. Me había retenido en la calle un gran enigma. Una mujer se movía, con paso tímido y vacilante, frente al cine Venus. En un primer momento yo había pensado que se trataba de alguien que esperaba a su novio o marido, pero al acercarme más a ella pude ver que, tanto por la ropa que llevaba como por la manera de abordar a todo el que pasaba, no podía ser más que una vagabunda. Como yo había leído muchos cuentos, me pareció ver en aquella mendiga la majestad de una reina destronada. Pero eso sólo lo vi en un primer momento, porque pronto volví a la realidad, y entonces ya sólo vi a una vulgar vagabunda. Me dispuse a darle la única moneda que tenía, pero cuando iba a hacerlo pasó junto a mí sin pedirme nada. Pensé que tal vez me había visto como lo que en realidad yo era: un pobre colegial sin dinero. Pero poco después vi cómo pedía limosna a la pequeña Luz, la hija del maestro, y observé que lo hacía acompañándose de una frase susurrada al oído, una frase que asustó a la niña, que de inmediato aceleró vivamente el paso. Volví a pasar yo, y nuevamente la mendiga me ignoró. Pasó a continuación un hombre muy trajeado, y la mendiga no le pidió nada, dejó simplemente que pasara. Pero cuando poco después apareció una señora, casi se abalanzó sobre ella y, con la palma de la mano bien abierta, le susurró al oído la misteriosa frase, y también la señora, muy azorada, aceleró la marcha. Pasó otro hombre, y también a éste le dejó que siguiera su camino, nada le dijo y nada le pidió, dejó simplemente que pasara. Pero en cuanto apareció Josefina, la dependienta de la mercería, le pidió limosna y le susurró la misteriosa frase, y también Josefina aceleró la marcha.

Estaba claro que la vagabunda sólo se dirigía a las mujeres. Pero ¿qué les decía y por qué sólo a ellas? En los días que siguieron, aquel enigma me impidió estudiar o refugiarme en la lectura de las grandes novelas. Puede decirse que fui convirtiéndome en alguien que, tras vagar por las calles, también vagaba en su propia casa.

—Pero ¿qué haces últimamente tan ocioso? —me dijo un día mi madre, que me había inculcado desde niño la idea del trabajo y que se hallaba alarmada ante el cambio que estaba yo experimentando.

—El enigma —le dije, y cerré al instante la puerta de la cocina.

Al día siguiente, el viento de la bahía soplaba con más fuerza que de costumbre, y casi todo el mundo se había refugiado en sus casas. Yo no. Había aprendido a amar la calle y la intemperie, tanto como parecía amarlas mi mendiga. Y de pronto, como si ese amor compartido fuera capaz de generar sucesos, ocurrió algo inesperado, algo realmente sorprendente. Pasó una mujer, y la vagabunda la abordó, le susurró al oído la terrible frase, y la mujer se detuvo como si hubiera sido gratamente sorprendida, y sonrió. La mendiga añadió entonces unas cuantas frases más y, cuando hubo terminado, la mujer le dio una moneda y siguió su camino tan tranquila, como si nada, como si absolutamente nada hubiera sucedido.

Hay un momento en la vida en que a uno se le ofrece la oportunidad de vencer para siempre la timidez. Yo entendí llegado ese momento y me acerqué a la mujer preguntándole qué clase de historia le había contado la mendiga.

—Nada —dijo—. Un cuento diminuto.

Y dicho esto, como movida por el viento de la bahía, dobló una esquina y desapareció de mi vista.

Al día siguiente, no acudí a la escuela. A las seis de la tarde pasé por la puerta del Venus, disfrazado con ropas de mi madre. Blusa negra transparente, falda azul, botines rojos y sombrero blanco de ala muy ancha. Labios pintados, una peca en la mejilla y los ojos muy abiertos, redondos como faros. Por si acaso el disfraz no era suficiente para que la vagabunda picara en el anzuelo, llevaba yo un bolso en bandolera, colgado de una larga correa, y en la mano izquierda un gran paquete de comestibles, pero sin tarros ni latas, de modo que pesara poco. Llevaba panecillos, café molido, dos chuletas de cordero y una bolsa de almendras.

Cuando estuve ante la mendiga, le sonreí. Me respondió en el acto con una estridente carcajada, los ojos completamente desorbitados. Su errante mirada poseía, por muy paradójico que parezca, un gran magnetismo. Había oído hablar de la Locura, comprendí que estaba ante ella.

—Todas nosotras somos unas desocupadas —me susurró al oído mientras extendía la palma de su mano derecha.

En esa mano había una moneda antigua, una moneda ya retirada del mercado. Y era antiguo también el ritmo de los pies descalzos de la mendiga. Me quedé medio paralizado, y ella prosiguió así:

—¿Verdad que a nosotras nos sobra todo el tiempo del mundo? Escucha, pues, mi historia.

El viento me dio en la cara al tiempo que noté que me temblaban las piernas, y ese viento me trajo el eco de la estridente carcajada de ella, y me pareció que su mirada errante, mirada magnética y de espejo, trataba de apoderarse de mí, y entonces dejé el bolso y el paquete de comestibles en la acera, y ya no quise oír nada más, no quise oír ningún cuento diminuto.

Me quité los botines y huí de allí a toda velocidad, huí despavorido porque de golpe había comprendido que acababa de ver con toda nitidez el rostro de aquel mal que asolaba las calles de la ciudad y al que mis padres, en voz baja y cautelosa, llamaban el viento de la bahía, aquel viento que a tantos trastornaba.

Al llegar a casa me cambié rápidamente de ropa, merendé a gusto tras días de no hacerlo, y a las siete en punto ya estaba estudiando. Me dije que en lo sucesivo volvería a estar muy ocupado y que, tras el estudio y la cena, me entregaría con el mismo fervor de antes a la lectura de aquellas grandes novelas que en las noches de invierno me dejaban desvelado. Pero no las tenía todas conmigo, porque yo sabía que afuera, más allá de la ventana de mi cuarto, en el paseo de San Luis, con todo su horror pero también con todo su atractivo, seguiría soplando con fuerza el viento, el viento de la bahía.

En esos días raro era que me quejara de algo. No como ahora, que nunca dejo de hacerlo. A veces pienso que no debería protestar tanto. Después de todo, las cosas me van bien. Aún soy joven, tengo o conservo cierta facilidad para pintar esos cuadros en los que evoco historias de mi infancia, poseo una sólida reputación como pintor, tengo una esposa guapa e inteligente, puedo viajar a donde me plazca, quiero mucho a mis dos hijas y, en fin, resulta difícil encontrar motivos para sentirme desgraciado. Y sin embargo lo soy. Voy por aquí, por la Estufa Fría, sintiéndome como un vagabundo mientras me asalta sin cesar la tentación del salto, aquí en Lisboa, en esta ciudad tan llena de hermosos lugares para arrojarse al vacío y en la que mi mirada se ha vuelto tan errante como la de la mendiga de mi infancia, en esta ciudad en la que hoy desperté llorando de cuclillas en un rincón sombrío de mi cuarto de hotel.

En esta ciudad tan alejada de la mía hoy desperté llorando sin saber por qué, tal vez por ese cuadro que hace tanto tiempo que se me resiste, ese cuadro que a menudo empiezo pero que nunca logro terminar y que evoca un ritmo antiguo en pies descalzos, ese ritmo de la mendiga del Venus que, una semana después y ante mi asombro, reapareció en el ritmo de los pies desnudos de Isabelita, la criada que iba a recoger al colegio a Horacio Vega. La recuerdo muy bien, la recuerdo perfectamente uniformada pero con los zapatos siempre en la mano, como recién salida de un agotador baile en palacio, como si quisiera imitar a mi mendiga o tal vez a mí mismo en el instante de echar a correr, despavorido y con los botines en la mano, a causa del maldito viento de la bahía.

Así que la recuerdo, la recuerdo muy bien, pero nunca he

podido acabar de pintarla. Ella se me escapa siempre con su ritmo antiguo en pies descalzos, y tal vez por eso (pues no encuentro otra explicación a esta angustia que me domina) marcho triste y melancólico por la Estufa Fría, sintiéndome como un vagabundo mientras trato de apartar esa tentación que me asalta sin piedad, la tentación del salto.

Voy andando como un vagabundo y de vez en cuando veo reflejada en los cristales mi silueta pasajera mientras me digo que la vida es inalcanzable en la vida. La vida está tremendamente por debajo de sí misma. No existe, además, ni la menor posibilidad de alcanzar la plenitud. Y es ridículo ser adulto, y absurdo que haya aún quien diga que se siente pletórico de vida. Todo es penoso, para qué negarlo. Si al menos me quedara la esperanza de poder algún día completar ese cuadro que tanto se me resiste, ese cuadro en el que Isabelita retoza en la hierba del campo de fútbol del colegio, perfectamente uniformada, dejándose llevar por un ritmo que es tan antiguo como antiguas son nuestras siluetas pasajeras...

Hago mal en engañarme a mí mismo. En realidad, yo no pinto nada. No pinto nada en la vida, pero es que, además, no pinto. Jamás pinté un cuadro. Cierto es que aún soy joven, que tengo una esposa guapa e inteligente, puedo viajar a donde me plazca, quiero mucho a mis dos hijas, pero todo eso es tan cierto como que nunca he pintado nada, ni un solo cuadro. Tal vez por eso marcho ahora triste por la rua Garrett, sintiéndome como un vagabundo y pintando (tan sólo mentalmente y sin lograr completarlos nunca) ciertos recuerdos de infancia. Pienso que si Horacio Vega, mi amigo Horacio, que ahora debe de estar en su despacho, pudiera verme, se reiría con todas sus fuerzas. Ya en los días colegiales solía advertirme de mi tendencia a no acabar nunca nada.

—Ni los tebeos —me decía—, jamás terminas nada de lo que veo que empiezas.

Y no le faltaba razón. Incluso cuando intentaba replicar a esa advertencia suya, nunca acababa yo de completar la frase. Horacio me imponía cierto respeto, porque era como un niño viejo y sabio, y en muchas ocasiones hablaba como si fuera un adulto. Un atardecer, mientras estaba yo mirando a la luna que asomaba por un ángulo del patio del colegio, me dijo:

—Huyes de la plenitud.

No entendí palabra de lo que me decía, pero eso no era ninguna novedad, tampoco entendía nada cuando me hablaba de su abuelo Horacio, que había sido un intrépido capitán de barco. Para contarme las historias de su abuelo utilizaba un lenguaje oscuro, tremendamente intrincado. Como yo no entendía mucho de lo que me decía, me dedicaba a veces a pensar en mi abuelo, que había sido simplemente un inspector de hacienda y un buen aficionado a tomar aperitivos al mediodía. Un hombre cabal y normal, no como el abuelo de Horacio que se había jugado la vida en mil batallas.

A él no le entendía yo casi nunca, pero siempre disimulaba para que no advirtiera que no estaba a la altura de su lenguaje. No quería perderle como amigo. Por eso me inquieté la tarde en que, a la salida del colegio y ante Isabelita y algunos compañeros, comenzó a recriminarme mi huida de la plenitud. Que lo hiciera públicamente me llevó a pensar que había sido descubierto y que aquél era el castigo que yo recibía por simular que siempre entendía sus palabras.

Me dije que todo aquello era una cuestión personal entre los dos, que sobraban las risas de los compañeros (todos parecían estar de su parte) y sobraba también Isabelita. Decidí seguirlo por si en algún momento (era bastante improbable, pero no perdía nada intentándolo) se quedaba solo y podía entonces yo abordarle, manifestarle mi disgusto por su comportamiento. Sin que se diera cuenta, fui tras sus pasos, le seguí a él y a Isabelita hasta la parte más alta del paseo de San Luis, donde estaba su casa. Y tuve suerte, porque durante unos minutos se quedó solo. En el momento en que ella le dejó en la calle para entrar en la tintorería (de la que hoy soy propietario), avancé lo más silenciosamente que pude por detrás de él y, derribando de una colosal patada su repleta cartera escolar, no sabiendo lo que le decía, traté de intimidarle con estas palabras:

—Tú sí que huyes de la plenitud.

Levanté los puños y, aunque no descartaba que el factor sorpresa jugara inicialmente a mi favor, yo más bien esperaba que, tarde o temprano, reaccionara con un guantazo o quizá simplemente con una displicente, humillante mueca de indiferencia. En lugar de todo eso, me encontré con un Horacio desconocido, un Horacio súbitamente hundido, entristecido y más viejo que nunca, la cabeza baja, como si mis inconscientes palabras hubieran tocado la fibra más honda y a la vez la más dolorosa de su ser. Fue una sensación extraña porque, al ver a aquel niño viejo herido profundamente por mis palabras, descubrí que había frases que no eran inocentes, por muy huecas de contenido que parecieran; había frases que poseían, a veces sin saberlo uno, agresividad. Creí confirmarlo en los días que siguieron y en los que Horacio no cesó de torturarme, sin duda a modo de venganza, con todo tipo de frases que giraban en torno a las aventuras de su abuelo, frases que componían historias malayas, chinas, polinésicas. Todas esas historias yo sospechaba que contenían un agresivo mensaje secreto. ¿Tal vez decirme que su abuelo había conocido la plenitud? Pero ¿qué había detrás de esas palabras que parecía afectarle tanto? Sus historias tenían un final que inexorablemente era siempre el mismo, una frase que parecía estar exigiendo de mí una pregunta inmediata, que yo me resistía a formular.

—Los últimos minutos de la vida de mi abuelo —me decía Horacio— fueron los más intensos de una vida ya de por sí intensa.

—¿Y qué sucedió en esos minutos? —se suponía que debía preguntar yo. No lo hacía. Bastante martirizado estaba con tantas batallas del abuelo. Pero era contraproducente no hacerlo, porque entonces lo más habitual era que volviera a la carga con una nueva historia del abuelo. Acabó logrando que perdiera la paciencia, y una tarde le cerré el paso en un rincón del único patio cuadrangular del colegio, y le dije:

—Acabemos ya, creo que es suficiente. Si lo que pretendías era martirizarme, está claro que lo has logrado. Te pido que acabes ya de una vez, cuéntame cómo murió tu abuelo, su vida ya la sé de memoria, cuéntame ahora esos minutos finales tan intensos de su vida.

—¿De verdad quieres que te los cuente? —me preguntó mientras me dirigía una terrible mirada, como si fuera delito que en aquel patio colegial en el que sólo se respiraba un profundo tedio le exigiera yo (precisamente yo, que nunca completaba nada) que completara él un cuadro, la historia de la vida de su querido abuelo.

Le aguanté la mirada cuanto pude, hasta que de pronto él, con voz inesperadamente compungida, me contó que su abuelo, al final de sus días, cayó víctima de la parálisis y un domingo, mientras todos estaban en misa, tras una laboriosa tarea de intensos minutos, logró por fin colocarse en la boca el cañón de una escopeta y darse muerte con el dedo pulgar de su pie derecho.

Era la primera vez que oía hablar de que existía un movimiento que a veces se producía en el hombre y que se llamaba suicidio, y recuerdo que me llamó la atención el hecho de que fuera un movimiento solitario, alejado de todas las miradas, perpetrado en la sombra y el silencio.

En silencio recuerdo que nos quedamos aquel día los dos, Horacio y yo, como si estuviéramos pensando en todos aquellos que, alejados de todas las miradas, habían perpetrado el movimiento solitario y habían conocido la única plenitud posible, la plenitud suicida. Y recuerdo también que el patio quedó abandonado como una eternidad cuadrangular.

Estoy en una habitación cuadrangular, de madera torneada y brillante, sólida como un mueble antiguo, con bancos a lo largo de las paredes y, en éstas, anuncios enmarcados que hablan de tiendas de tejidos, de tintorerías o de peluquerías. Observo que falta un anuncio, algún desaprensivo ha debido de arrancarlo de su marco. La sensación es desazonante, porque está claro que, aunque quisiera, jamás podría leer la totalidad de la atractiva publicidad de esta habitación que ahora lentamente empieza a ascender por los aires. Estoy en el Elevador de Santa Justa, y sé lo que me espera cuando termine la ascensión. Me encontraré en un gran balcón y ante una espléndida vista del aire azul que envuelve la ciudad baja, una vista que tampoco alcanza la totalidad (en este caso la totalidad de la Baixa), pues se trata de una vista parcialmente impedida por una red metálica que prolonga la barandilla del balcón hasta una altura que convierte en imposible (y creo que eso me conviene) los suicidios de quienes, como es tan habitual aquí en Lisboa, sienten la tentación del salto.

Pienso en toda esa gente a la que hace un rato he visto practicar la *saudade* en Campo das Cebolas. La ciudad entera está llena de solitarios dominados por la nostalgia del pasado. Sentados en sillas públicas, que en los miradores o en los muelles el propio ayuntamiento ha dispuesto para ello, los practicantes de la *saudade* callan y miran hacia la línea del horizonte. Parece que estén esperando algo. Cada día, con perseverancia admirable, se sientan en sus sillas y esperan mientras evocan los días del pasado. Lo suyo es la melancolía, cierta tristeza leve. Pienso en ellos ahora mientras me digo que es ridículo que ande yo por aquí desolado cuando, entre otras muchas cosas, soy todavía joven, dueño de una próspera cadena de tintorerías, tengo una esposa guapa e inteligente, puedo viajar a donde me plazca, atraigo fácilmente a las mujeres que me gustan, quiero mucho a mis dos hijas, mi salud es de hierro.

No, no parece razonable que vaya yo ahora por aquí, por entre las jacarandas del Largo do Carmo, dominado por recuerdos de infancia y dejando tras de mí una estela inagotable de tristeza leve.

Recuerdo el día en que vi, estacionado delante del colegio, el inmenso automóvil de un padre del que siempre se me había dicho que no existía. Del descapotable me deslumbraron los asientos de cuero rojo brillando al sol. Del padre de Horacio me deslumbró todo: la extraordinaria altura y corpulencia, el sombrero marrón, las gafas negras, el traje a rayas, la corbata de seda, el bigote desafiante y, sobre todo, el hecho de que existiera. Horacio siempre había dicho que su padre había desaparecido en los bajos fondos de la ciudad de Beranda.

—Ha reaparecido, y eso es lo que cuenta. Ha venido a liquidar a una banda rival —me dijo Horacio a modo de sucinta explicación.

Me resultaba cada día más difícil creer en algo de lo que me decía Horacio, pero prefería callar, no fuera que anduviera yo equivocado e hiciera el ridículo y, para colmo, no pudiera subir nunca al automóvil interminable.

Durante dos semanas, el padre no faltó nunca a la cita con el hijo en la puerta del colegio. En lugar de los pies descalzos de Isabelita aparecía el cuero rojo de los asientos brillando al sol, el gigantesco descapotable. Y yo me quedaba extasiado ante aquel espectáculo que ofrecía el monumental padre de traje mafioso a rayas y corbata de seda.

Paso firme y seguro el del padre, a lo largo de toda la primera semana. Pero en la segunda, ya desde el mismo lunes, el paso del padre se volvió vacilante y como temeroso. Ese lunes todos pudimos observar la presencia de un extraño. A cierta distancia del descapotable, aparcó sigilosamente una moto conducida por un espía de pelo rubio muy corto y saltones ojos azules que miraban al descapotable. No tardamos en incordiar al espía, y el martes incluso nos atrevimos a invadirle el sidecar. El miércoles, como era previsible, se cansó de soportarnos.

—Vais a saber lo que es bueno —nos dijo levantando la mano en un tono muy fiero y amenazante, y a mí me pareció que hablaba con acento berandés.

Ese mismo día, Horacio me invitó por fin a subir al descapotable de su padre. Me acompañaron a casa. Desde el asiento trasero del automóvil, el paseo de San Luis cobraba otra dimensión, parecía distinto. El padre no habló en todo el trayecto, pero de vez en cuando me controlaba a través del retrovisor, y luego se arreglaba el sombrero. En un semáforo, frente al cine Venus, encendió un cigarrillo, y se rió a solas. Yo estaba algo asustado cuando llegamos a casa. Descendió ceremonialmente del coche y me abrió la portezuela trasera. Con inesperada cortesía se quitó el sombrero, inclinó la cabeza y me dijo:

—Adiós, señor.

Yo deduje que era un padre preocupado. Al día siguiente, atribuyendo a la presencia de la moto la conducta del padre, fui el responsable de que circulara el rumor de que una banda berandesa se proponía secuestrar a Horacio y que su padre iba a diario al colegio para protegerle.

—No deberías haber propagado esa tontería. Además, Beranda no existe —me dijo Horacio el viernes, y le noté muy cambiado, como si algo fuera muy mal en su vida, se había quedado sin sombra de su habitual sentido del humor.

Ese viernes fue el último día que yo vi al padre de Horacio. En el siguiente día de clase, un frío lunes de enero de aquel año impar, no había ya descapotable a la salida del colegio, tampoco moto del espía, ni nada. Había desaparecido toda la escenografía berandesa, y tan sólo podía verse en una esquina a Isabelita, con cara de circunstancias, aspecto de griposa, y con los zapatos puestos. Se acercó a Horacio, le susurró algo al oído, y se lo llevó sin contemplaciones.

A la mañana siguiente, bajo una lluvia torrencial, entramos en el colegio por la puerta de la iglesia. Los martes había misa obligatoria, y fue en esa misa donde nos dijeron, desde el púlpito, que el padre de Horacio también se llamaba Horacio, que tenía cuarenta años y ya no pertenecía al mundo de los vivos, porque descansaba en paz, había muerto.

—Adiós, señor —dije yo, y me santigüé.

Recuerdo que no cesó de llover en todo el día y que por el colegio circularon en voz baja todo tipo de versiones, a cual más escalofriante, en torno a aquella muerte, y que en lo único en lo que todas coincidían era en que el padre había sentido la tentación del salto y se había arrojado al vacío desde lo más alto de la Torre de San Luis.

El profesor de redacción, un hombre colérico y despiadado, me contó el resto. No había un solo profesor del colegio que lograra despertar mi entusiasmo, pero de entre todos el más odioso y lamentable era el colérico profesor de redacción, que perdía la compostura al menor pretexto y nos insultaba con apasionada maldad. La profunda aversión que me producía fue la que me llevó a hablarle, convencido (y no me equivoqué) de que era la persona idónea para contarme la cruda verdad, la verdad que se escondía al resto de mis compañeros. Le gustaba practicar el mal, y en mí vio una ocasión inigualable de poder hacerlo. Nunca supo que, al dirigirme a él, en ningún momento obré de forma inocente, sino guiado por la intuición de que estaba en el umbral de una emoción que podía ser muy fuerte.

Me contó que el padre de Horacio hacía tan sólo dos semanas que había sido dado de alta del manicomio. Se le había permitido recuperar el automóvil que en otros tiempos comprara en Caracas, pero al mismo tiempo se le había sometido a una estrecha vigilancia para ver si podía confirmarse plenamente que el viento de la bahía ya no ejercía influencia alguna sobre él. El espía de la moto no era más que un doctor del manicomio de quien se esperaba el veredicto final. A la vista de lo acontecido, el veredicto lo único que podía confirmar era que, siendo fiel a una arraigada tradición familiar, el padre de Horacio había cambiado el viento de la bahía por el suicidio.

—No me resulta agradable —me dijo el profesor de redacción— evocar la interminable nota necrológica de la familia de suicidas a la que pertenece tu amigo Horacio. Porque aunque es totalmente real, parece inventada, nadie acabaría de creérsela. Con la historia de esa familia de suicidas no podría redactarse nunca un cuento convincente, pues hay demasiados disparos y demasiados saltos al vacío, demasiado veneno, demasiada muerte por mano propia.

No le resultaba agradable, pero evocó la nota necrológica, desgranó un extenso rosario de calamidades: el tío Alejandro, por ejemplo, un hermano del padre de Horacio, había matado en una cacería a su mejor amigo, y eso le había sumido en tal desesperación que, no sabiendo qué hacer con su vida, ingresó en un hospital fingiéndose enfermo y allí robó una fuerte dosis de cianuro con la que se mató. Y una hermana de la madre de Horacio, la tía Clara, poco antes de abrir la llave del gas, dejó una carta al juez en la que le decía que la imposibilidad de frenar el deseo de vivir era la causa directa de su suicidio. Y la hija de la tía Clara, la prima Irene, que quería ser trapecista, acabó eligiendo la Torre de San Luis para dar, con pericia y gran exhibición de arrojo y técnica, un triple salto mortal en el vacío, estrellándose poco después contra el frío y duro pavimento de la zona alta del paseo. A su lado, el salto del padre de Horacio quedaba como cosa de aficionados, como un salto más bien modesto, aunque sin duda más rápido y directo, tal vez porque las ganas de estrellarse contra el suelo eran superiores a cualquier otra cosa.

Han transcurrido más de treinta años desde que el profesor de redacción me situó en la pista de la terrible historia de la familia de Horacio, y aún siento en mis huesos la emoción de aquel día. Ahora, mientras voy hacia el Mirador de Santa Luzía, que es lugar idóneo para el salto al vacío, me digo que aquello fue lo más próximo a una revolución que he visto jamás en carne propia, y que aquello, sin darme del todo cuenta yo entonces, cambió mi vida. Pienso que si mi amigo Horacio, que se rebeló contra su destino suicida y estará ahora tranquilamente en su despacho, pudiera verme caminando en este momento por aquí como un vagabundo, se reiría con todas sus fuerzas y se preguntaría por las oscuras fuerzas que me han llevado a asumir como mía la trágica historia de su familia, que me han llevado a mí a ser todo melancolía, todo tristeza leve —dicen que la nostalgia es la tristeza que se aligera— en cuanto evoco aquellas jornadas en las que descubrí que la vida es inalcanzable en la vida, que la vida está muy por debajo de sí misma y que la única plenitud posible es la plenitud suicida.

Pero no saltaré al vacío, amigo Horacio. Dejaré que me invada toda esa tendencia a recuperar la infancia, toda esa nostalgia por un pasado que, a medida que me acerco al Mirador de Santa Luzía, noto que voy conciliando con el presente, hasta el punto de que tengo la impresión de no estar retrocediendo en el tiempo, sino de casi eliminarlo. Me sentaré a esperar, habrá una silla para mí en esta ciudad, y en ella se me podrá ver todos los atardeceres, callado, practicando la *saudade*, la mirada fija en la línea del horizonte, esperando a la muerte que ya se dibuja en mis ojos y a la que aguardaré serio y callado todo el tiempo que haga falta, sentado frente a este infinito azul de Lisboa, sabiendo que a la muerte le sienta bien la tristeza leve de una severa espera.

EN BUSCA DE LA PAREJA ELÉCTRICA

No sé muy bien lo que me espera, pero, de
cualquier modo, iré hacia eso riendo.

Stubb, en *Moby Dick*

Una tarde de abril de hace ya unos años, cuando aún me llamaba Mempo Lesmes y era yo muy joven y un desconocido actor muerto de hambre, me perdí en los laberintos de las afueras de San Anfiero de Granzara y descubrí una gran mansión rodeada por un jardín silvestre, Villa Nemo. Era muy fácil entrar en ella, no había ni cerradura ni aldaba en la puerta, se trataba de una casa abandonada, y a mí me pareció que lo estaba en el sentido más amplio de la palabra, pues encontré indicios de que, aparte de haber sido abandonada por sus dueños, era una casa que se había abandonado a sí misma. Todo eso me fascinó, paseé largo rato por el jardín imaginando a la casa abandonándose a su propia suerte en la oscuridad de la noche. Completamente excitado, en una de sus galerías abiertas a todos los vientos, me dije que, si algún día lograba triunfar como actor, lo primero que haría sería comprar aquella casa y convertirla en mi residencia favorita.

Pasaron algunos años y triunfé en el cine. Un papel secundario (pero muy agradecido) en *El baúl de los cafres* me condujo directamente al estrellato. Mi manera de mover un palillo entre los dientes asombró a medio mundo. Mi representante tuvo el detalle y la astucia de cambiar mi nombre por el de Brandy Mostaza, y a partir de eso todo fue ya un camino de rosas. Fui contratado para protagonizar *Los amores de Mustafá*, el film cómico que, al abrirme todas las puertas de la popularidad, hizo que mi vida cambiara espectacularmente de la noche a la mañana. Mi mayor éxito iba yo a alcanzarlo con *Los humores del joven Brandy*, esa serie televisiva que brilló con esplendor propio en la década de los sesenta y que hoy, como todo lo que yo hice, reposa en el más enojoso y humillante olvido.

Contribuyó a mi irresistible ascensión la cómica y exagerada delgadez de mi cuerpo (la gente se reía porque cuando yo andaba lo hacía como si fuera una hoja movida por el viento), pero ese mismo rasgo físico no tardaría mucho en volverse trágicamente en contra mía. Compré Villa Nemo, ordené el jardín y restauré la casa, construí una gran piscina, empecé a dar todos los viernes grandes fiestas, y los laberintos de las afueras de San Anfiero de Granzara se poblaron de hombres y muchachas que iban y venían como mariposas, entre susurros, champán y estrellas. Todos los viernes llegaban de una frutería de San Anfiero cajas de naranjas y limones para los cócteles; y todos los sábados esos mismos limones y naranjas salían por la puerta de atrás de Villa Nemo convertidos en una pirámide de cáscaras vacías. Tuve muchas novias, bailé boleros, pisé morenas, canté al amor. Pero el infortunio acechaba en el ángulo más iluminado de mi festivo jardín, y sin darme cuenta empecé a abandonarme a mí mismo. Como si existiera una secreta relación entre la casa y la obesidad, empecé poco a poco a engordar, y cuando me di cuenta ya ninguna dieta era capaz de frenar mi irreversible proceso, mi trágica transformación. Y así llegué al último viernes de la década de los sesenta, compuesto y sin novias, convertido en un Brandy Mostaza desconocido, un gordo infame que había perdido su chispa cómica.

—Desde hace un tiempo, la grasa te impide ver el bosque —me advirtió aquel día mi representante.

—¿Qué bosque? —pregunté simulando que no sabía de qué me hablaba.

—¡Oh, vamos, vamos! Tú contéstame sólo a una cosa: ¿cuánto tiempo hace que no te contratan?

Como había ganado mucho dinero, el hecho de que hubieran dejado de contratarme era algo que no me inquietaba demasiado. Me preocupaba mucho más, por ejemplo, la alarmante y repentina ausencia de novias así como el descenso progresivo de asistencia a mis fiestas. No era capaz de comprender que todo, absolutamente todo, estaba estrechamente ligado.

—Y dime —continuó mi representante—, ¿por qué crees que ya nadie te ofrece películas o, si lo hacen, es para infectos papeles secundarios?

—Bueno —dije—, supongo que algo tendrán que ver estos kilos de más que luzco.

—¡Supones!

El barón de Mulder, que sin el menor disimulo y con el mayor descaro estaba escuchándonos, terció en la conversación.

—La gordura de mi amigo Brandy —dijo tocándose el monóculo— es un espléndido monumento a la carne, al exceso y a la ternura de la humanidad.

Podía pensarse que decía todo esto porque él estaba aún más gordo que yo, pero también me pareció entrever que, por algún oculto motivo que se me escapaba, trataba de adularme con el fin de granjearse mis simpatías en un primer paso hacia la obtención de algo que deseaba lograr de mí.

No tardé en confirmar mis sospechas cuando una hora más tarde tropecé de nuevo con él en el jardín y se puso a hablarme de sus antepasados, los Mulder y los Roiger, revelándome que ambas ramas de la familia habían habitado en otros tiempos Villa Nemo y que en esa casa habían padecido toda clase de infortunios. Estaba algo bebido y muy locuaz, y también escandalosamente tremendista. Y de todo cuanto me dijo (incluida una impertinente pregunta sobre si los fantasmas de sus antepasados circulaban a gusto por mi casa) saqué una única y clara conclusión: Villa Nemo ejercía una nefasta influencia en la vida de todos sus propietarios. Por eso me sorprendió que, aquella noche al despedirse, me pidiera precio por la casa.

—Amigo Brandy —me dijo—, voy a serle sincero. Usted como gordo tiene un futuro muy negro en el mundo del espectáculo. ¿Para qué vamos a engañarnos? El público le prefería delgado. Yo sé que no tardará en tener apuros económicos y quisiera echarle una mano. Véndame Villa Nemo con el submarino incluido, y váyase luego de viaje, dé la vuelta al mundo.

Iba a preguntarle por el submarino cuando el monóculo se le cayó al suelo. Me disponía a recogérselo cuando él lo aplastó con verdadera furia. Luego, dio unos extraños pasos de claqué y cayó de bruces en la hierba. A mí entonces me ocurrió algo que me desconcertó, pues al verle caer sobre la hierba surgió de mi interior un enigmático impulso, algo así como un deseo irrefrenable de dar una voltereta en el aire y componer con el barón un número de circo al final de una fiesta que, todo sea dicho, había resultado soporífera.

—Hágame caso —dijo el barón al reincorporarse—, véndame su casa. Es el consejo de un amigo.

Y dicho esto, me dio una fuerte palmada en el hombro y se perdió en la noche. A mi lado, mi representante parecía no salir de su asombro.

—Genial, absolutamente genial —comentó—. ¿Has visto con qué chispa y elegancia ha aplastado su monóculo? Es un cómico secreto de alto voltaje este barón. Si tú pudieras volver a ser el flaco que fuiste, y desgraciadamente presiento que no podrás volver a serlo nunca, formarías con él una de esas parejas de gran éxito que ha dado el cine.

—No irás a decirme ahora...

—¿Y por qué no? Te estoy hablando de esas extrañas parejas de actores que dieron el máximo de sí mismos porque, ¿cómo te diría yo?, porque había algo extraño en cada uno de ellos que estimulaba el crecimiento o la salida a la luz de la electricidad escondida de algo oculto que había en el otro. Parejas eléctricas, ¿comprendes?

—Pero bueno, pero bueno —protesté mientras me despedía flemáticamente de dos antiguas novias que se habían hecho íntimas amigas entre ellas—, ¿no me estarás hablando de Laurel y Hardy?

—De ellos te estoy hablando, y también de Abbot y Costello. Tu delgadez y la extravagante gordura del barón os habrían podido convertir en una pareja de muy probable éxito. Pero desgraciadamente el *partenaire* que hoy en día necesitas responde a unas características muy distintas a las del barón. De eso precisamente quería hablarte.

Me llevó a un banco en un rincón del jardín, cerca de la piscina. Y allí, mientras yo asistía al duro desfile de antiguas novias que se despedían de mí con las más hirientes y socarronas sonrisitas, me mostró un álbum de fotografías de actores flacos que tal vez podían salvar mi carrera si me unía a ellos como pareja artística.

—¿Y no sería mejor solución pedirle al barón que adelgace hasta convertirse en un fideo? —dije yo bromeando, abrumado por el desfile de novias burlonas y por la fatiga de aquella alta hora de la noche.

—Allá tú —me dijo amenazante, despidiéndose con una expresión que pretendía indicarme que se desentendía para siempre de mi carrera.

Pero a la mañana siguiente, con aires de haber recapacitado y de querer ofrecerme una última oportunidad, apareció de nuevo en Villa Nemo con su álbum de fotografías de actores flacos.

—Mira éste —me decía señalándome a uno.

—Y mira el otro —le contestaba yo tomándomelo todo a broma. Pero la broma duró poco. En los días que siguieron, acabé realizando pruebas con muchos de aquellos flacos, pruebas que resultaron todas un completo desastre. Al ver que no había en todo el país un solo actor con el que pudiera yo formar pareja eléctrica, pusimos anuncios en los periódicos. Pero tampoco eso resultó. Entonces mi representante sugirió que tal vez ese actor se encontraba en el extranjero o tal vez (y ahí empezó a fraguarse mi ruina) no era un actor y en ese caso había que buscarlo en la calle o, mejor dicho, en las calles, en las calles de todo el mundo.

—Hay que apurar todas las posibilidades —me dijo. Y semejante razonamiento me llevó muy lejos, me llevó incluso hasta las calles de Hong Kong, persiguiendo a un flaco que acabó resultando un verdadero fiasco. Cuando ya desesperaba de encontrar *partenaire* y había entrado de lleno en crisis económica, mi madre, que en paz descanse, acudió en mi auxilio.

—En la calle Rendel —me dijo—, en la librería que lleva el nombre de esa calle, hay un dependiente esquelético que tiene cara de bofetada y un apellido de pastelería. Se llama Juan Lionesa y podría ser el hombre que buscas.

Unas horas después, Juan Lionesa —pelo oscuro cortado a tazón alrededor de bronceadas mejillas, y la expresión aburrida y misteriosa— estaba frente a mí. Yo acababa de pedirle la *Divina comedia* y me encontraba examinándole de arriba abajo. Pero él, en lugar de buscar el libro, se dedicaba a una operación parecida a la mía, es decir, también me sometía a un repaso visual intenso, incómodo por excesivo, hasta que dijo:

—Usted fue Brandy Mostaza, ¿no es cierto?

Lo del *fue* me sacó algo de quicio.

—Y usted —le contesté— nunca fue nadie, lo cual es mucho peor.

—¡Oh vamos! ¿No irá a decirme que le ha molestado mi observación?

Odio la palabra «observación», y le vi una cara muy grande de bofetada a aquel pedante, impertinente librero. Le miré con cierta rabia y le envié en silencio todo tipo de maldiciones, pero él apenas se inmutó. De repente, sucedió algo extraordinario. Al decidirse por fin a buscar la *Divina comedia*, miró hacia una estantería (bastante vacía, por cierto) y quedó rigurosamente de perfil ante mí. Vi entonces que en esa posición los rasgos de Lionesa, su perfil izquierdo, eran curiosamente idénticos a los míos en la época en que yo era flaco y triunfaba. Su perfil izquierdo, que evocaba el de una garza en celo, era capaz de provocar la risa del más serio de los mortales. Sin saberlo, Lionesa poseía la esencia misma de mi comicidad perdida, el secreto de mi antiguo éxito, una verdadera mina de oro. Mi madre había acertado de pleno.

—Oiga —le dije en un tono muy confidencial—, necesito hablar a solas con usted. Fuera de la librería, ¿me comprende? Se trata de un asunto que puede interesarle. Y ahora, puesto que veo que no tiene la *Divina comedia*, deme cualquier otra cosa, un Julio Verne por ejemplo.

Enarcó las cejas y mudó radicalmente la expresión de su rostro, como si la referencia a Julio Verne contuviera un mensaje trascendental. Y entonces pronunció en voz baja, lenta y muy respetuosamente, esta frase:

—Y en globo viajará la tarta.

Podría yo haber pensado que estaba loco o que simplemente quería reírse de mí, pero no sé muy bien por qué tuve la rápida intuición de que aquella frase podía ser una contraseña (y lo era, pero no el tipo de contraseña que yo creía). En un primer momento, pensé que Lionesa había detectado en mí a un ser que en muchos aspectos se complementaba con él y que, en vista de esto, se había inventado un lenguaje secreto entre los dos, frases que permitieran entendernos sin que nadie fuera capaz de enterarse de lo que hablábamos.

—Y en globo viajará la tarta —le dije creyendo que con mi respuesta no hacía más que reconocer la extraña corriente de electricidad que parecía unirnos, creyendo también que con aquellas palabras daba ya carta total de identidad al lenguaje secreto que acabábamos de inaugurar los dos.

—Y en globo viajará la tarta, y yo a las ocho y diez estaré en el pub Jacobs —me contestó. Y poco después salía yo de la librería con *Cinco semanas en globo* bajo el brazo. Leí los primeros capítulos en el Jacobs mientras aguardaba a Lionesa, que fue muy puntual. Llegó con gafas oscuras y el cuello del abrigo ligeramente levantado. Me saludó desde lejos enarcando las cejas, pero cuando estuvo junto a mí hizo como si no me conociera. Se sentó a mi izquierda, en la barra, mostrándome su anodino perfil derecho. Pidió una cerveza y, cuando yo pensaba que iba a preguntarme por la cuestión que le había llevado hasta allí, actuó como si de mí no esperara nada, salvo la tarta aquella que debía viajar en globo.

—Y bien —dijo hablando hacia enfrente, tuteándome y sin ladear para nada la cabeza—, cuando yo termine mi cerveza me pasas la tarta, y que haya suerte, camarada. ¡Ah! Y un consejo. Otro día procura ser más ágil y discreto y apréndete mejor la contraseña.

Se trataba, pues, de una contraseña, pero no el tipo de contraseña que yo había creído. Me había metido en el ojo mismo de un huracán, probablemente en una conspiración o en un asunto de espionaje. Maldije no haberme evaporado antes, cuando salí de la librería. Me enfadé conmigo mismo por no haber intuido que Lionesa era un conspirador que aguardaba un mensaje secreto sobre Julio Verne o sobre un globo.

Mientras él tomaba pausadamente la cerveza que debía yo pagarle, fui calibrando las posibilidades que tenía de salir airoso de aquel enredo, y finalmente decidí que lo mejor sería decirle simplemente que por motivos ajenos a la voluntad de todos, la tarta se retrasaría veinticuatro horas. Y ni corto ni perezoso se lo dije, y nunca he visto a una persona mirarme con tanto estupor primero, y con tanto miedo poco después.

—Que no hay tarta hasta mañana, no te pongas así —le dije entonces en voz alta, de tan nervioso que me había puesto.

Era mi modo de hablar en los momentos conflictivos. Salía por la tangente o emprendía una enloquecida huida hacia delante. En todo caso, Lionesa parecía no estar dando crédito a lo que sucedía, mientras en el Jacobs todos parecían estar pensando que el alcohol acababa de propiciar el nacimiento de una amistad entre dos desconocidos, y hubo incluso un borracho que nos premió con una gran sonrisa y una fuerte ovación. Pensé que era evidente que formábamos una pareja atractiva, de marcados contrastes físicos. Pero no parecía que Lionesa estuviera pensando en lo mismo, y más bien todo indicaba que estaba viendo en mí a alguien que, por los motivos que fueran, acababa de tenderle una trampa fatal.

La extraña corriente de electricidad que circulaba entre nosotros hizo que de repente, como quien suelta el lastre principal de un globo, yo me deshiciera de todos mis nervios y se los traspasara íntegramente a él. Me quedé entonces muy tranquilo —yo diría incluso que nunca me había sentido tan sereno— y decidí que no había por qué alarmarse y que lo más práctico sería deshacer el entuerto, contarle toda la verdad a Lionesa. Le expliqué entonces que había ido a la librería porque andaba buscando a un flaco que trabajara conmigo en películas que a no dudar serían grandes éxitos si encontraba la pareja ideal.

—Y esa pareja ideal soy yo. ¿Es eso lo que pretendes decirme? —me preguntó con tal agresividad y desconfianza que pensé que quería matarme.

—Pues claro, es usted. ¡Oh, por favor! Debe creerme. A mí la política no me interesa nada. Aquí ha habido un malentendido, eso es todo. De verdad que yo entré en la librería porque mi madre me dijo que en ella estaba el hombre que buscaba. Yo he ido incluso a Hong Kong en busca de esa pareja que había de salvar mi carrera. Y ahora sólo me queda Villa Nemo, que es mi casa, porque he perdido todo lo demás intentando relanzar mi carrera. Necesito que se asocie conmigo, que se convierta en mi pareja artística. De lo contrario deberé vender Villa Nemo y me quedaré en la calle. Ayúdeme, por favor.

—Míreme bien —del bolsillo de su abrigo apareció un bulto que bien podía ser un arma—, le estoy apuntando con un revólver, así que no diga más tonterías, pague las cervezas y salga delante de mí sin cometer errores.

Aquello parecía ya una pesadilla. Pagué las cervezas, salimos a la calle. Lionesa detuvo un taxi y, en el momento de hacerlo, andábamos los dos tan cerca el uno del otro que nos hicimos un lío con nuestras piernas y abrigos y acabamos tropezando y cayendo ambos al suelo —yo con todo mi peso aplastando la corbata de Lionesa que se incorporó a toda velocidad aunque ligeramente mareado y volvió a apuntarme con su revólver—, mientras en la calle todo el mundo reía y celebraba aquel espectáculo, lo que confirmó mi idea de que había hallado a mi *partenaire* ideal y que podríamos haber formado una pareja de gran voltaje si la política y aquel maldito revólver no se hubieran interpuesto estúpidamente en nuestro camino al estrellato.

Al entrar en el taxi me di cuenta de lo difícil que resultaría escapar del mismo en marcha teniendo en cuenta que apenas pasaba mi cuerpo por la entrada y que había tenido que ser el propio Lionesa quien a base de empujones me introdujera en el incómodo interior. Y ya circulando por la ciudad, mientras rodábamos por las proximidades del parque Rendel, me entró una melancolía profunda. Me quedé mirando con tristeza por la ventana preguntándome si volvería a ver algún día aquellos árboles que tantas veces me habían seducido. Y me pregunté también si debía despedirme de la vida. Nunca, ni en las situaciones más desesperadas, he perdido mi sentido del humor, y soy de los que piensan que esta vida es de risa y que la vida misma está hecha de pura risa y que, por mucho que ignoremos lo que nos espera al final de la misma, lo mejor es ir hacia todo eso riendo, con una trágica falta de seriedad. Tal vez por tal motivo, miré de forma muy distendida a Lionesa y, con una amplia sonrisa, le dije:

—¿Y puede saberse dónde piensa usted matarme?

Vi cómo el taxista contenía su risa. Era evidente, o así me lo pareció, que desde el primer momento le habíamos causado una gracia infinita, pues no todo el mundo detiene los taxis en pareja y rodando por los suelos. Para disimular lo mucho que había apreciado nuestro número circense y lo mucho que le hacíamos reír, o tal vez simplemente para integrarse a lo que debía de parecerle una gran fiesta del humor, el taxista carraspeó y llamó la atención a Lionesa:

—Perdone, ¿me dijo Juárez esquina Verlás?

—No. Le dije Verlás esquina Juárez —replicó enojado un Lionesa que no parecía tenerlas todas consigo. Su inseguridad y cierta risa floja que se había apoderado de mí (no podía dejar de pensar que me hallaba al borde de la muerte, y eso me hacía gracia) me animaron a arrimarme a él en cuanto nos detuvimos en un semáforo. Yo era —soy todavía— un gran actor. Me incliné hacia delante de un modo extraño, empujando la barbilla hacia fuera y mostrando los dientes. Pensé que para eso no estaba Lionesa preparado. Mi cara, que normalmente era una cara fofa y blanda, se endureció hasta parecer una máscara de piedra, al principio blanca como la muerte, luego de un color rojo cada vez más intenso que se extendió desde los pómulos, y por fin negro, como si estuviera a punto de ahogarme. Yo creía que Lionesa no podría soportarlo y se desmayaría, pero no fue así, simplemente se me quedó mirando con cara de extrañeza.

—Qué pena, porque nos habríamos hecho de oro —le dije entonces, y le propiné un soberbio cabezazo. Todo mi enorme peso, incluida mi máscara de piedra, había caído sobre él. Y quedó inconsciente. Tras unas angustiosas maniobras de mi cuerpo, logré descender del taxi y refugiarme entre la multitud que se agolpaba en la entrada del metro. Miré atrás y no me pareció que nadie me siguiera. Respiré con cierto alivio. Entré en un vagón de la línea cinco, y pensé que viajaba hacia la libertad. Pobre de mí, no sabía lo que aún me esperaba. Aquella misma noche, minutos después de hablar con mi representante que no creyó una sola palabra de lo que le conté, sonó el teléfono en Villa Nemo, y una voz criminal me anunció que habían secuestrado a mi madre. Si iba con el cuento del secuestro o de la conspiración a la policía, matarían primero a mi madre y después a mí. Si no les pagaba un millón de dólares por el rescate, no volvería a ver viva a mi madre. Cuando hubiera yo pagado y ellos la hubieran liberado, prácticamente nada habría cambiado, salvo que mi madre podría estar a mi lado, aunque yo, si iba con el cuento a la policía, no podría estar con mi madre, ya que aparte de tener un millón de dólares menos sería hombre muerto, y ya se sabía que no había un solo hombre muerto que conviviera con su madre.

No me quedó otro remedio que vender Villa Nemo al barón de Mulder. Le dije que necesitaba el dinero para emprender un largo viaje.

—Ya sabía yo —me dijo— que tarde o temprano acabaría desprendiéndose de Villa Nemo, que es una casa hecha a la medida de una gran familia como la mía, y nunca para un soltero empedernido como usted, a quien yo creo que le conviene más viajar y tener un apartamento funcional y dar fiestas no para una multitud sino para una sola mujer —me guiñó con poca gracia un ojo—, ¿no cree, amigo Brandy?

—Hace ya tiempo que no doy fiestas —me limité a contestarle—. Desde que volví de Hong Kong.

Con el dinero del barón pagué el rescate y me devolvieron a mi madre, pero me la devolvieron con el carácter cambiado. Tuve que ir a vivir a su casa, porque me había quedado completamente arruinado, y ella se pasaba todos los días culpándome de su secuestro.

—Las malas compañías —me decía—. A mí no me engañas. En algún lío te habías metido, y tuve que pagarlo yo. La prueba es que no quieres acudir a la policía.

No servía de nada que le explicara que sospechaba que se trataba de una banda de malhechores a los que les encantaba el placer de matar por matar. Ir a la policía significaba darles un motivo para una cruel represalia. Mi madre no se fiaba de mí. Y además, por mucho que me declarara inocente, los hechos no me ayudaban en nada. Porque mi madre y yo empezamos a recibir visitas de miembros del renacido culto de los hechiceros británicos en busca de información sobre ungüentos para volar y cosas por el estilo. Mi madre acabó perdiendo la paciencia y me desheredó. Atormentada por el remordimiento, empezó a envejecer mientras pasaba los días sin dirigirme ya reproche alguno, sin dirigirme ni siquiera la palabra, dedicada únicamente a registrar en una libreta roja los detalles más relevantes de todos los entierros que veía pasar por debajo de su ventana. Cuando ya había registrado treinta y tres sepelios y unos ochenta o noventa detalles, se murió. Muy posiblemente murió de pena por haberme desheredado tan injustamente, pues sabía que me dejaba en la más absoluta miseria. No podía decirse que la vida me sonriera, pero aun así permanecí fiel a mis principios y yo sí que le sonreí a la vida.

Además, comencé a tomarle gusto a la calle, me convertí en un vagabundo interesante porque simulaba que estaba loco, lo cual me resultaba muy rentable, ya que la gente se apiadaba de mí y me daba dinero. Mi locura consistía en ir por toda la ciudad con unas baquetas, azotando con ellas el pavimento con un ritmo tan contundente como desprovisto de sentido, torpemente inclinado hacia delante mientras avanzaba por la calle, dale que te pego al cemento. Mi nueva vida —estancias nocturnas en el metro incluidas— empezó a satisfacerme plenamente. Era maravilloso no leer periódicos, no tener que soportar a mi representante, no recibir las visitas de los hechiceros británicos, pasar a veces por delante de la librería Rendel y obsequiarles con un corte de mangas de vagabundo anónimo. Era fabuloso poder ganarse la vida con el teatro callejero, con la puesta en escena cotidiana de la más refinada locura de la que podía ser capaz un actor obeso.

Al no leer periódicos y tener tan sólo pasajeros contactos con miserables vagabundos, tardé mucho en enterarme de que un incendio había destruido Villa Nemo y que el barón y toda su familia habían perecido en el mismo. El día frío de invierno en que me enteré de la noticia, me dije que aquel incendio, que la policía había calificado de mero accidente, había podido ser provocado por los hechiceros británicos. Me dije que posiblemente habrían confundido al barón conmigo. No pudiendo ya hacer nada por él, recé una oración en compañía de otro vagabundo, y poco después, muerto de curiosidad, me dirigí a Villa Nemo, donde viví el placer morboso de pasearme harapiento y barbudo por entre las ruinas de la que había sido mi deslumbrante mansión. Quedaban sólo cuatro paredes en pie, y la casa se parecía mucho a la que, una tarde de abril de hace ya años, descubrí con verdadera fascinación. El jardín iba camino de volver a ser silvestre, no había ni cerradura ni aldaba en la puerta. En fin, volvía a ser la misma casa abandonada que yo había visto la primera vez, aquella casa que tanto sabía abandonarse a sí misma.

Pensé en Villa Nemo a lo largo de los días que siguieron, y una irresistible fuerza eléctrica me empujaba a volver, a volver a instalarme de nuevo en ella. Hasta que anoche regresé para quedarme. Completamente excitado, en una de las galerías abiertas a todos los vientos y mientras contemplaba con satisfacción el jardín ya totalmente salvaje, decidí instalarme de nuevo en la casa o, mejor dicho, en lo que quedaba de la casa. Me dije que, después de todo, no sólo era la vivienda ideal para un vagabundo como yo, sino que además era el espacio más familiar y confortable que conocía y sin duda el lugar ideal para fiestas de una sola persona, para fiestas íntimas que se celebrarían cada día al final de mis agotadoras jornadas de azotador enloquecido del pavimento.

Todo eso lo pensé anoche, al volver a instalarme en la que un día había sido mi lujosa habitación. Y tal vez porque no cesaba de pensar en todo esto o quizá a causa del frío que tenía (y que mi única manta era incapaz de remediar), tardé mucho en dormirme. Sobre la medianoche, el frío volvió a despertarme. Empecé a considerar la posibilidad de hacer un buen fuego con el viejo armazón de un armario que no se había quemado del todo y que yo conocía muy bien, porque me había pertenecido. Mientras calibraba esa posibilidad y, como si el armario se hubiera dado cuenta de mis intenciones, me pareció que del interior del mismo me llegaba un crujido y un lamento. Pensé que era mi imaginación, pero el crujido se repitió, y a continuación ruido de cadenas, y finalmente un lamento conmovedor.

—¿Quién anda ahí? —dije encendiendo una cerilla y sin perder del todo la calma.

Nadie contestó. A la luz de aquella tenue cerilla, el armario parecía distinto del que yo conocía. Tenía la forma de un submarino al que hubieran colocado en posición vertical. Era un diseño art-déco, y tampoco en eso había yo reparado hasta entonces. Me acordé de aquellas palabras del barón cuando en la fiesta me dijo que le vendiera Villa Nemo con el submarino incluido. Y también me acordé de cuando me preguntó si los fantasmas de sus antepasados circulaban a gusto por mi casa. Se consumió la cerilla, y durante unos segundos, al quedarme a oscuras, sentí un cierto respeto por las sombras, pero pronto lo remedié con otra cerilla.

—¿Quién anda ahí? —repetí, procurando que mi voz siguiera sonando firme y alejada de cualquier temor. Tampoco obtuve respuesta alguna, pero cuando me disponía a volver a dormir se repitió el crujido. Comprendí que debía afrontar con todas sus consecuencias aquella situación, y entonces me encomendé a todos los santos del mundo y abrí de golpe el armario.

Nada. No había nada ni nadie en su interior. Regresé a mi

cama, me envolví en mi manta, intenté recobrar el sueño. Estaba calibrando de nuevo convertir el submarino en un buen fuego cuando regresó el crujido, y esta vez llegó acompañado de un contundente lamento.

—No me queme —oí que me decía—. Si lo hace, no le ofreceré resistencia, pero me temo que perderá toda su fuerza en el empeño. Soy un espíritu.

—¿Quién anda ahí? —repetí, esta vez sobresaltado.

—Soy su amigo, el barón de Mulder. En este cuarto se forjó mi ruina en este mundo, en esta casa perdí a toda mi familia, en este armario guardaba yo mis mejores ropas. Esta casa es mía: déjemela.

No me atreví a encender otra cerilla. No quería que pensara que iba a prender fuego al armario.

—Su voz se ha vuelto irreconocible, barón —le dije tratando de recobrar mi presencia de ánimo.

—Si pudiera verme, vería que también mi aspecto ha cambiado bastante. El fuego me convirtió en una figura pálida y consumida, que pasa todas las noches de pie en este armario. Lástima que usted no pueda verme y reírse a gusto. Lástima que pertenezca al mundo de los vivos y no pueda apreciar la gracia muy especial de mi aspecto flaco y sobrenatural.

Traté entonces de hacerle ver que no me parecía lógico que, puesto que era un fantasma y tenía la oportunidad de visitar los lugares más hermosos de la tierra (pues suponía que el espacio no era nada para él), optara por volver precisamente al sitio donde lo había pasado peor.

—Reconozco que soy tonto —me dijo—, pero es que me encanta serlo, al igual que también me gusta mucho ser flaco y desgraciado. Porque yo, mi querido amigo Brandy, tengo una gran reserva natural de risa, y me río siempre a todas horas y, cuanto más desgraciado soy, más me río yo.

Y se rió. Y de no ser porque ya había muerto, se habría muerto allí mismo de risa.

—Usted se ríe de una manera infinitamente seria —le

dije—. No sé si su risa puede ser considerada como tal. Mire, por ejemplo, la mía.

Le hice una demostración de cómo reírse de una forma alegre y despreocupada, y mientras la hacía caí en la cuenta de la suave pero enérgica conexión que había entre su risa y la mía. Había, además, entre nosotros una corriente de mutua simpatía y la estimulante solidaridad de los desgraciados. Y también había algo muy extraño en cada uno de nosotros que estimulaba el crecimiento o la salida a la luz de la electricidad escondida de algo oculto que había en el otro.

Le comenté todo esto, pero no me contestó. Entonces pensé que tal vez era porque le había sumido en una profunda inquietud. Y es que todo lo que le había dicho estaba muy bien, pero también había que pensar que nunca podríamos llegar a formar una verdadera pareja eléctrica si yo no daba (y de los dos sólo yo podía darlo) un paso que era fundamental y que habría de situarme, como ya lo estaba el barón, más allá de mis ropas sucias y ajadas, más allá de mi barba, de este cuarto y del submarino, más allá de esta vida.

Por eso, ahora estoy aguardando a que caiga la noche y regrese el barón a su armario. Lo tengo todo bien preparado. La estricnina con la que daré ese último paso fundamental que habrá de permitirme fundar una pareja artística de alto voltaje, una pareja que no tardará en salir de gira, de gira triunfal por el espacio sideral.

ROSA SCHWARZER VUELVE A LA VIDA

Al fondo de este museo de Düsseldorf, en una austera silla del incómodo rincón que desde hace años le ha tocado en suerte, en la última y más recóndita de las salas dedicadas a Klee, puede verse esta mañana a la eficiente vigilante Rosa Schwarzer bostezando discretamente al tiempo que se siente un tanto alarmada, pues desde hace un rato, mezclándose con el sonido de la lluvia que cae sobre el jardín del museo, ha empezado a llegarle, procedente del cuadro *El príncipe negro*, la seductora llamada del oscuro príncipe que, para invitarla a adentrarse y perderse en el lienzo, le envía el arrogante sonido del tam-tam de su país, el país de los suicidas.

Yo sé que Rosa Schwarzer, en su desesperado intento por apartar el influjo del príncipe y la tentadora propuesta de abandonar el museo y la vida, acaba de refugiar su mirada en los tenues colores rosados de *Monsieur Perlacerdo*, que es otro de los cuadros de esa sala que tan celosamente custodia y en la que si ahora alguien osara irrumpir en ella se encontraría con una eficiente vigilante que de inmediato interrumpiría su bostezo y, poniéndose en pie, rogaría al intruso que, a causa de la frágil alarma, hiciera el favor de no aproximarse demasiado ni a Monsieur Rosa ni al Señor Negro.

Lo dicho, Rosa Schwarzer está ligeramente alarmada esta mañana.

¿Influye en todo esto el lunes que ayer le tocó vivir? Yo

diría que sí. Ayer Rosa Schwarzer cumplió los cincuenta años y, como el museo cierra los lunes, creyó que dispondría de toda la mañana para preparar el almuerzo de aniversario. Pero ya desde el primer momento todo se le complicó enormemente. Para empezar, despertó angustiada, moviéndose como un títere, a tientas en el vacío incoloro e insípido de su triste vida. Después, ese vacío cobró un ligero color gris, como el del día.

Esta vida para qué.

Yo sé que Rosa Schwarzer dijo eso en la duermevela de ayer y que también lo ha dicho en la de hoy, pero que a diferencia de esta mañana, ayer se despertó sin la conciencia de haberlo dicho, ayer simplemente comenzó a preparar el desayuno para su marido y los dos hijos, que le habían asegurado que, aun siendo laborable para ellos, iban a hacer un esfuerzo y se reunirían todos a la hora del almuerzo y probarían con el placer de siempre aquel lechón asado que nadie sabía cocinar mejor que mamá Rosa, así la llaman todos.

Así me llaman, piensa ahora Rosa Schwarzer mientras escucha el rumor de la lluvia en el jardín, mientras siente que es atraída por el sonido del tam-tam del país de los suicidas.

Yo sé que ayer, tras el despertar de títere angustiado, el segundo contratiempo fue la inesperada deserción de Bernd, el hijo mayor, que durante el desayuno dijo que le era imposible estar presente en el almuerzo, lo que aprovechó el padre para excusarse él también y decir que andaba muy ocupado y que le guardaran su parte de lechón asado para la noche.

En silencio Rosa Schwarzer se mordió los labios y se dijo que todo aquello no retrasaba el desayuno, que estaba ya casi preparado, pero que de alguna forma lo que ya sí estaba retrasando era la hora del almuerzo, pues había otras cosas que se estaban cruzando peligrosamente en su camino, reclamando con fuerza su atención. Y es que, al dejar que su mirada vagara distraídamente por la cocina, había visto, junto a los cafés, los quesos, el té, los panes de centeno con cominos, las mermeladas y los embutidos, el corazón solitario de una incolora botella de lejía que, de tener la facultad de cobrar vida, se habría animado sin duda en forma de triste títere perdido en el vacío insípido de aquella no menos triste cocina.

Pensó en lo fácil que era morir y en que no debía dejar para otro momento aquella magnífica ocasión. Bastaban unos sorbos de lejía y se borraría de golpe toda aquella cotidianidad de imágenes grises, de maridos sin alma, de aburrimiento mortal en el museo. Pero cuando ya estaba a punto de agarrar la botella, se le ocurrió pensar en el desgraciado de su marido o, mejor dicho, en su desgraciado marido, y de repente descubrió que había algo en el aire de la mañana, en ese estar allí sola en la triste cocina, que le removía la sangre de un modo no desagradable. En realidad su marido, engañándola a diario de aquella forma tan zafia con la vecina (y creía el muy desgraciado que ella no lo sabía), era merecedor de compasión y necesitaba ser ayudado, y aquélla no dejaba de ser una buena razón, simple pero muy importante, para seguir viviendo, para seguir preparando el desayuno, para seguir intentando que su marido recuperara la alegría y volviera a ser aquel hombre encantador que había ella conocido en el parque de Hofgarten, una maravillosa mañana de domingo, treinta años antes, que no merecía ser borrada por una botella de lejía cualquiera.

Antes de transportar el desayuno a la sala y para celebrar que había dejado escapar aquella óptima ocasión de quitarse la vida, Rosa Schwarzer tomó un café muy cargado que la llevó a dar un nuevo repaso del paisaje de la cocina prescindiendo en esa ocasión de la presencia obsesiva de la lejía, es decir que vio los otros cafés, los quesos, el té, los panes de centeno con cominos, las mermeladas y los embutidos, pero no vio, o no quiso ver, la maldita lejía.

El café la despertó casi salvajemente y, por un momento, como si se tratara de un breve anticipo de lo que hoy podría tocarle vivir en el museo, vio los remotos paisajes del país de un oscuro príncipe extranjero. El café la desveló de tal modo que la hizo entrar en la sala con un paso excesivamente vivo y acelerado, y por poco no derribó la bandeja sobre la inocente cabeza del hijo menor, enfermo de muerte sin él saberlo, el pobre Hans.

Mi pobre y querido Hans, pensó ella mientras abría la ventana y el aire frío de la mañana entraba de golpe en toda la sala, y Rosa Schwarzer se quedaba pensando en la infinita desgracia de su hijo, y se le ocurría entonces de repente pensar en arrojarse al vacío o, mejor dicho, al duro patio de la vecina, aprovecharse de aquella segunda ocasión, tan fácil como inmejorable, que se le presentaba para quitarse la vida y alcanzar la libertad al desprenderse de todo y de todos, salir por fin de este trágico y grotesco mundo. Pero pronto cayó en la cuenta de que su hijo la necesitaba aún mucho más que su marido, y que aquélla sí que era una verdadera razón para seguir viviendo. Y para decirse que seguiría viva, perfectamente viva, Rosa Schwarzer probó un queso.

Cuando los tres hombres de la casa marcharon al trabajo, comenzó a vestirse, y lo hizo tan lentamente que acabó tardando mucho más de lo habitual en arreglarse para salir a la calle. Se entretuvo contando las canas que le habían salido a lo largo de la última noche, y pensó en comprarse una peluca, pero entonces se acordó de un extraño individuo que había conocido en la infancia. Un hombre que en su trágica desesperación arrancaba, brutalmente, los pelos de su peluca. No deseaba que le ocurriera a ella algo semejante. Por cierto —pensó—, ¿qué se habrá hecho de ese hombre? Y otra cosa, ¿adónde van a parar las pelucas cuando mueren?

Estuvo haciéndose preguntas de ese estilo y retrasando deliberadamente la hora de comprar el lechón hasta que finalmente, y ya bastante tarde, salió a la calle. El aire y los colores del mediodía se desplegaron ante ella, frescos, tonificantes y nuevos, mientras procuraba alimentar hacia sus labores de ama de casa esa pasión amorosa que, incluso inconfesada, enciende el corazón de tantas de ellas en cuanto saben de la dulzura secreta y del furioso fanatismo que se puede cargar sobre la práctica cotidiana más vulgar, el trabajo doméstico más humillante, porque en el fondo —pensó Rosa Schwarzer— no hay nada comparable a la íntima satisfacción de ver el plato humeante servido con admirable puntualidad a la hora del almuerzo.

Eso pensaba Rosa Schwarzer ayer por la mañana, pero al mismo tiempo, y entrando en violenta colisión con sus convicciones más íntimas, se dijo que el lechón asado podía aguardar, es más, que no estaría ni por casualidad preparado a la hora del almuerzo, y se declaró en huelga de celo, y comenzó a caminar más despacio, a fuego lento. Y a fuego lento subió la sangre a las mejillas cuando decidió que haría una simple ensalada de patatas (después de todo, para ella y para Hans era del todo suficiente), y luego pensó que no, que nada, que no prepararía un solo plato y que, además, la desgracia de Hans era demasiado grande como para estar todavía planeando optimistas ensaladas, y que en definitiva la vida era peor que una estúpida patata, y que se mataría, sí, se mataría sin ya más dilación. Después de todo, allí estaba el maldito asfalto brillando al sol y brindándole la oportunidad de arrojarse bajo las ruedas de algún coche y acabar así, de una vez por todas, con el engorroso asunto del lechón asado, el marido infiel, la ensalada de patatas, los cubiertos y el mantel, el infinito tedio de las mañanas en el museo, la col y las lechugas, el hijo menor al borde de la muerte, los platos humeantes servidos con admirable puntualidad a la hora del almuerzo.

Ya estaba buscando el coche que le segara la vida cuando de pronto cayó en la cuenta de que en realidad algo muy hondo se había roto en ella en las primeras horas de la mañana, de aquella fría y extraña mañana, porque, bien pensado, no dejaba de ser raro que, después de tantos años de no reflexionar acerca de la vida y de las cosas, en las últimas horas no hubiera parado de hacerlo. Y pensó que era en el fondo muy estimu-

47

lante ver cómo su frágil vitalidad se había ensombrecido de aquella forma tan tétrica pero al mismo tiempo tan peligrosamente atractiva. En otras palabras, su vida, al entrar en el reino de lo oscuro y de la desesperación, se había convertido paradójicamente en algo por fin un poco animado. En algo parecido a una de esas películas que se inician con una fotografía en blanco y negro en la que, a fuerza de insistencia, es posible ir viendo más y más en ella, hasta que la imagen va cobrando color, y un discreto argumento se pone en marcha. Así se estaba animando —no mucho, tan sólo discretamente, pero algo era algo— su vida. ¿Por qué entonces quedar atrozmente desmaquillada bajo las ruedas de un coche si en realidad nada le interesaba tanto como saber qué sucesos —discretos, pero a fin de cuentas sucesos— le depararían las horas siguientes?

Todo eso le pareció una razón más que suficiente para dejar pasar aquella nueva ocasión de matarse. Para celebrar que había decidido continuar viva, entró en el Comercial a tomar un té, y lo hizo con la satisfacción de quien por fin se atreve a tomar una decisión largo tiempo aplazada, pues hacía años —desde que se casara o tal vez desde mucho antes— que no entraba a solas en un bar. Por eso, al apoyarse en la barra y pedir el té, sintió que estaba viviendo unos momentos de intensa libertad. Se sentía muy contenta, casi feliz, pero cuando le sirvieron el té, y cuando más precisamente estaba viendo la vida en rosa —el tapizado del local, que era de ese color, contribuía en parte a ello— reparó en un hombre, un borracho probablemente, que se tambaleaba de forma extraña a pocos metros de ella. Le recordó, sin saber muy bien por qué, al hombre de la peluca que había conocido en su infancia. A pesar de que hacía horas que había dejado de llover, el hombre seguía llevando puesta la capucha de su vieja y oscura gabardina. A estas horas y ya tan borracho, pensó Rosa Schwarzer. Y poco después, con cierto horror, vio que estaba aproximándose a ella. Entonces le reconoció y se tranquilizó. Era un tipo del barrio al que había visto ya muchas veces y del que se comentaba que andaba siempre perdido, llorando por los rincones de las tabernas.

—Buenas noches —le dijo el hombre, con exquisita y sorprendente amabilidad. Tenía unos treinta años y era bastante guapo y parecía triste.

—Querrá decir buenos días —le dijo ella.

—Sepa usted que sólo existe la noche, la oscuridad. Sólo hay una historia que suceda a la luz del día. ¿Ha oído hablar de ese hombre que sale de una taberna del puerto a primera hora de la mañana?

—Oye, Hans, no molestes a la señora —intervino el camarero. Y Rosa Schwarzer quedó un tanto sorprendida al ver que aquel hombre se llamaba igual que su desahuciado hijo menor.

—No, si no me molesta para nada —dijo Rosa Schwarzer, conmovida por el nombre de aquel borracho tan educado que, por otra parte, hablaba con cierta gracia, diríase que incluso con bastante lucidez. Apenas se le notaba que hubiera bebido.

—Ese hombre —continuó él— lleva una botella de whisky en el bolsillo y se desliza por los adoquines ligero como un barco que deja el puerto. Pronto se mete de cabeza en una tempestad...

—¡Ah! Ahora lo entiendo —le interrumpió ella—, ahora comprendo por qué lleva usted puesta la capucha.

El hombre simuló no haberla oído y completó su peculiar historia:

—Pronto se mete de cabeza en una tempestad, y dando bandazos intenta frenéticamente regresar. Pero no va a llegar a puerto alguno. Entra en otro bar.

—¿Y por qué bebe tanto? —preguntó inmediatamente ella.

Tras una casi interminable reflexión, tras darle muchas vueltas al asunto, el hombre respondió:

—Porque la realidad es desagradable.

Rosa Schwarzer se rió tímidamente.

—¡Qué gracioso! —le dijo—. ¿Y acaso no lo es también la irrealidad, amigo?

El hombre entonces se enojó y perdió la educación. Comenzó a explicar que él era un empedernido noctámbulo y que aquella noche aún no se había acostado y que lo que más le gustaba (y aquí hizo una inflexión de voz para reforzar su supuesto ingenio) era divulgar su informal y pecaminoso estilo de vida entre las almas en pena de la Internacional Cebollista de las sufridas amas de casa, tan lloronas ellas. Rosa Schwarzer, que no estaba para demasiadas bromas y que, además, recordaba que el único llorón allí era él, decidió no amilanarse y le fulminó con la mirada.

—¿Por quién me ha tomado? —le dijo ella.

Y lo repite ahora. ¿Por quién me ha tomado? Pero en esta ocasión dirige la pregunta al príncipe negro, que insiste en emitir, a través del rumor de la lluvia, el sonido del tam-tam de su lejano país, el país de los suicidas.

—¿Por quién me ha tomado? —le repitió Rosa Schwarzer al impertinente noctámbulo.

—¿Seguro que no le está molestando, señora? —intervino de nuevo el camarero.

—¡Oh, no! —reaccionó de inmediato ella, que no deseaba en modo alguno que cesara aquella secuencia en color de su recién animada vida.

—Mis disculpas, presento mis disculpas —se apresuró a decir el noctámbulo con suma educación y todavía algo asustado por aquella mirada fulminante de una Rosa Schwarzer que se sentía capaz de todo, pues estaba convencida de que nadie había tenido —el pobre noctámbulo el que menos— una mañana tan intensa y peligrosa como la suya. Siempre al borde de la muerte y siempre dejando atrás, a última hora, el abismo. Ya eran tres las oportunidades que había desperdiciado aquella mañana, tres rotundas y claras ocasiones para matarse. Eso le hacía sentirse tan segura y era tal la confianza que en aquel momento tenía en sí misma que se atrevió a invitar al desconocido de la capucha a pasear con ella por el barrio.

—¿Acepta? Tengo que comprar cuatro cosas para una ensalada de patatas.

—Bueno, ¿por qué no? —le dijo él sin más problema. Y entonces ella, al ver que era valorada sin reservas su compañía, quedó profundamente conmocionada y le tomó tal confianza al desconocido que incluso le confesó que había estado tres veces al borde del suicidio en las últimas horas. Para contarle todo eso, empleó mucho tiempo, porque no quería que pasaran a segundo plano los detalles que ella consideraba más significativos.

—Total —concluyó al cabo de una media hora Rosa Schwarzer—, es decir, resumiendo, que esta mañana todo me parece nuevo, nada de lo que me ocurre me había sucedido antes.

El hombre se había quedado casi dormido.

—¡Eh! Pero despierte, por favor, habíamos quedado en ir a comprar unas... —no se atrevió a decir patatas—, vamos, haga el favor de despertarse, no es usted el noctámbulo que dijo ser.

El hombre se reanimó, fue hacia el lavabo y volvió como nuevo.

—¡Qué barbaridad! —comentaría él poco después, cuando salieron a la calle y ya la confianza era mutua e incluso se tuteaban—. Pero qué barbaridad. Mira, tienes que hacerme un favor, Rosa, lo he estado pensando bien, he estado dándole vueltas mientras tú no parabas de hablar y hablar, y yo casi me dormía, y si no me he dormido del todo es porque trataba de seguir el misterioso hilo de tu pensamiento, lo he pensado bien. Mira, tienes que hacerme un favor, Rosa. La próxima vez que quieras matarte no recurras a la lejía ni al patio de la vecina ni a las ruedas de un coche. Son muertes poco estéticas, la verdad.

—¿Y por qué piensas que habrá una próxima vez? —le preguntó ella algo sorprendida.

Por toda respuesta, el hombre le pasó entonces un botellín de whisky y le dijo que era una cápsula de cianuro y que la guardara. Ella prefirió tomar todo aquello como una broma más del noctámbulo y guardó el botellín en un bolsillo de su abrigo.

—En caso de necesidad —le dijo él— basta con decapitar el botellín y tomar el veneno de un solo trago, así de sencilla es la cosa.

—Sabes muy bien que me estás dando whisky y no veneno —le dijo ella cariñosamente, sonriendo.

—Te juro que es cianuro. El botellín sólo está para despistar, ¿es que no lo comprendes? —le dijo él mientras se quitaba lentamente la capucha de la gabardina en un gesto que ella interpretó como una señal de que estaba volviendo en sí tras la noche de alcohol que arrastraba, de que estaba volviendo a la realidad, por muy desagradable que ésta pudiera parecerle.

A las dos de la tarde seguían todavía andando, no se habían detenido en ningún colmado y tampoco —pese a que él lo había intentado— en ningún bar, andaban tropezando con el empedrado de un barrio que ya no era el suyo, y se estaban acercando al parque de Hofgarten, lejos ya de los paisajes cotidianos y también de los bares y los colmados. A él se le veía ensimismado y, sobre todo, fatigado, próximo al desmayo o a quedarse dormido en cualquier esquina, pero seguía mostrando cierta atención cuando Rosa Schwarzer le hablaba y le contaba, por ejemplo, que en Hofgarten había conocido, treinta años antes, a su pobre e infeliz marido. Y acabaron sentándose en un banco de piedra que había a la entrada del parque.

—Ahora —le dijo él—, en lugar de vigilar una sala de museo, vigilas Hofgarten entero. No está mal el cambio, no está nada mal. Hofgarten entero...

Rosa Schwarzer sonrió, no le contestó, se quedó mirando el paso de las nubes sobre el cielo gris de hielo que cubría el parque. Mi pobre y querido Hans, pensaba de vez en cuando, y no sabía si estaba invocando el nombre de su hijo, al que acababa de avisar por teléfono de que ella estaba todavía en la peluquería y que tardaría en ir a comer y que se las apañara con un pollo frío que había en la nevera, o bien pensaba en el otro Hans, en aquel que la estaba acompañando medio dormido, el pobre y guapo Hans, tan joven y cordial, el hombre de la capucha y de la cápsula de cianuro, el hombre que la había hecho alejarse del barrio, de su familia, del dolor por la enfermedad del hijo, del tedio de las mañanas en el museo y, en definitiva, de la insoportable grisalla que se reflejaba en todos los pasos de su amarga vida.

—A todo esto —dijo ella— aún no me has dicho en qué trabajas, si es que trabajas que, claro está, lo dudo mucho.

—Yo no puedo trabajar —le respondió con afectación, como si recitara un papel muy estudiado—. Yo sólo puedo beber y llorar.

—¿Y no has trabajado nunca?

—Bueno, algunas veces, pero siempre acabaron destruyéndome, quiero decir despidiéndome. Ahora estoy en la miseria más absoluta. Me ayudaba una chica, pero ella también se quedó sin trabajo. Últimamente me ayudaba mi padre, pero se declararon en huelga en su fábrica, y en fin... Ahora no me ayuda ya nadie.

—Mi padre se pasó la mitad de su vida en huelga. Decía que era lo que más le gustaba.

Se quedaron en respetuoso silencio, ella pensando en su padre, y él pensando en el suyo y, al mismo tiempo, dando ya una cabezada tras otra. La paz del lugar era soberbia, aunque era un parque muy triste porque parecía profundamente solitario. El cielo gris de hielo que se extendía sobre él lo convertía en el más frío de los paisajes. Era aquél, sin lugar a dudas, un parque solitario y helado.

—Así que somos hijos de huelguistas —dijo él con cierta melancolía. Y poco después, dando una nueva cabezada se quedó profundamente dormido en el hombro de Rosa Schwarzer.

Ella no se atrevió a despertarlo, parecía un crimen hacerlo. Después, especuló con lo que sucedería si casualmente pasara por allí algún familiar o amigo. ¿Qué pensarían al verla junto a un desconocido que apoyaba dulcemente la cabeza en su hombro? Poco importaba lo que pudieran pensar, entre otras cosas porque nadie circulaba por allí, pues no podía ser más solitario y silencioso aquel parque en el que treinta años antes ella también le había arrancado a la vida unos breves pero intensos momentos de gran felicidad. Precisamente porque ya los había vivido, sabía que esos instantes tenían una duración muy limitada, de modo que apartó de su hombro, con gran suavidad, la cabeza del amable desconocido y, dejándole allí perdido y dormido en el viejo parque solitario y helado, emprendió el lento y doloroso viaje de regreso al barrio y a su casa.

Durante el camino le destrozó el alma la casi absoluta certeza de que nunca podría expresar, ni con alusiones, y aún menos con palabras explícitas, ni siquiera con el pensamiento, los momentos de fugaz felicidad que tenía conciencia de haber alcanzado. Esa certeza le acompañó, como un nuevo dolor secreto, a lo largo del camino de vuelta. Y cuando, dos horas después, volvió a encontrarse en las calles de su barrio, un nuevo temor se añadió a todo cuanto le preocupaba, porque se le ocurrió que su hijo Hans, que no trabajaba por las tardes, podía haber renunciado a la vuelta habitual con los amigos y estar, dadas las especiales circunstancias del día, esperándola en la casa, aguardando su regreso de la peluquería. En ese caso todo podía ser tremendo, porque él vería enseguida que no había peluquería y sí un grandioso misterio o, lo que era peor, y además rimaba con misterio: un grandísimo adulterio. Temerosa de ser descubierta, entró en la peluquería del barrio y, como no tenía tiempo para hacerse la permanente, se compró una horrenda peluca de color castaño. Y con la peluca puesta se presentó en su casa, donde por suerte no había nadie, tan sólo los huesos de un triste pollo de nevera, los restos de la comida de su pobre y querido Hans.

Muy pronto la alegría de estar sola dejó paso en la indecisa Rosa Schwarzer al sentimiento contrario, a un profundo abatimiento por aquella terrible soledad que la casa le ofrecía. Se acercó a la ventana. El cielo estaba muy blanquecino, invadido por una pátina opaca, así como en su memoria una blancura opaca iba borrando el recuerdo de las sensaciones vividas junto al noctámbulo abandonado en el parque. En su trágica desesperación comenzó a arrancar, brutalmente, los pelos de su peluca. Tomó luego un cuchillo de cocina y pensó en hacerse el haraquiri, reventarse sin contemplaciones el vientre, ofrecer sus entrañas a toda la inconsciente raza de sufridas amas de casa a las que el joven noctámbulo escandalizaba para luego antojársele un caprichoso sueño en el parque del olvido. Dejó la peluca encima de la nevera y luego la partió en dos con el cuchillo, y fue tal la tensión y el esfuerzo acumulados en el gesto que hasta cortó en seco el aire viciado de aquella cocina. Extenuada, cayó al suelo. No, tampoco en esta ocasión iba a quitarse la vida. Su pobre hijo, su querido Hans, merecía cenar caliente aquella noche. Se levantó, arrojó lo que quedaba de la peluca a la basura, se rió a solas como una loca, y probó el pan de centeno con cominos.

Pero cuando al caer la tarde su pobre y querido Hans regresó a la casa ni siquiera se interesó por el lechón asado y ni preguntó por qué ella se había entretenido tanto en la peluquería, tampoco se quejó de haber tenido que comer el pollo frío de la nevera, nada, ni la miró, y por tanto no tuvo ocasión de ver el escandaloso pelo de estropajo canoso que lucía su madre. Tan sólo la felicitó con desgana y le pidió que cosiera dos botones de la camisa. Pero ni la miró. Rosa Schwarzer comprendió que a su hijo ella no le interesaba nada.

La aparición de Bernd, el hijo mayor, aún fue más desalentadora, porque ni se acordaba del lechón asado —en eso andaba igual que Hans—, pero por no acordarse no recordaba ni tan siquiera que fuera el aniversario de su madre, no se acordaba de nada. Se limitó a llenar de humo la sala, encender el televisor y tumbarse en el sofá. Rosa Schwarzer pensó en apagar de golpe el televisor y hablarles a sus hijos de un gesto del noctámbulo que a ella le había parecido que abría inmensas y desconocidas posibilidades de amor. Pero sabía que no podría nunca expresar la plenitud que había alcanzado hacía tan sólo un rato, y también sabía que, aun en el supuesto de que pudiera hacerlo, de que pudiera expresar lo que realmente sentía, sus hijos ni la escucharían, o bien no la creerían.

—¿Qué hay para cenar? —preguntó un exigente Bernd desde el sofá.

—La muerte —dijo ella—. La muerte, únicamente.

Lo dijo tan bajo, desde la soledad de su cocina, que ellos no alcanzaron a oírla, así como tampoco podían escuchar cómo en aquel momento era degollada una gallina. Y si no les era posible oírlo era porque esa gallina era su propia madre, que se imaginaba a sí misma de esa forma, degollada viva, y lo hacía para pensar en algo que la distrajera y la apartara de una peligrosa tentación que se le acababa de presentar en forma de nueva oportunidad para quitarse la vida. Abrir el gas y meter la cabeza en el horno. Una muerte horrible, se decía a sí misma mientras pensaba que lo peor de todo era que, si finalmente se decidía a inmolar su cabeza con el pelo estropajo incluido, sus hijos probablemente tardarían en darse cuenta. Seguirían allí en el salón discutiendo como cada día, por su ridícula parcela de poder en el sofá. Imbéciles. Desgraciados. Sólo cuando todo se hubiera consumado encontrarían ellos una cabeza de madre bien asada en lugar del lechón. Una muerte horrible, pensaba Rosa Schwarzer mientras trataba de apartar sin conseguirlo aquella tremenda tentación.

Le salvó la violenta llegada del marido. Su inconfundible

manera de entrar en la casa —el fuerte portazo y la tos aquella de fumador empedernido— disolvió la feroz tentación del horno, porque de pronto cobró para ella mayor interés tomar un tarro de mermelada y estrellarlo en la cara del marido infiel. Una venganza por lo de la vecina y, sobre todo, por tantos años de indiferencia y constante humillación. Merecía la pena dejar a un lado la idea del horno y gozar fugazmente de la expresión de horror y sorpresa de su marido cuando, por primera vez en treinta años, la viera rebelarse contra la sofocante violencia de su gran indiferencia. Pero antes de arrojarle el tarro, se dijo que apagaría las luces de la casa y los aterraría a los tres. No por el apagón sino porque con su voz ronca de gaviota chillaría en la oscuridad su nombre. Y así lo hizo, aunque finalmente no apagó las luces y se limitó al grito:

—Rosaaaaaa Schwaaaaaarzer.

Bajaron incrédulos el volumen del televisor, y entonces volvió a oírse el nombre, pero esta vez pronunciado en forma de eco veloz y muy sincopado, casi sofocado, como si estuviera en pleno ataque de hipo. Cuando todo pasó, se la oyó a ella respirar profundamente, con gran alivio y felicidad.

—Pero ¿te has vuelto loca, mamá Rosa? —intervino el marido sujetándola violentamente por el brazo—. ¿Qué te sucede?

Una excelente oportunidad para morir, pensó ella. Esta ocasión sí que no voy a dejar pasarla, le sacaré de quicio, lo cual es fácil, y estoy segura de que me dirá que me va a matar, y entonces forzaré las cosas para que me mate de verdad.

—Bonita manera de preparar la cena —le dijo el marido—. Pero ¿puede saberse qué te pasa?

Respondió arrojándole el tarro de mermelada a la cara, pero no dio en el blanco, y el tarro fue a estrellarse contra el reloj de la cocina, que dejó de funcionar en el acto, lo que a Rosa Schwarzer la dejó muy satisfecha, pues pensó que al menos en la cocina el tiempo ya se había detenido y que con un poco de suerte se detendría para siempre si, como esperaba, el marido se decidía a matarla. Y el marido parecía tener esa intención, pues tenía la mano en alto y la amenazaba diciéndole precisamente que iba a matarla. Había que procurar que esta vez la frase no quedara, como de costumbre, en agua de borrajas. No podía ella dejar pasar aquella ocasión inmejorable, aquella inigualable oportunidad —quién lo iba a decir, la sexta en un solo día— de alcanzar la muerte.

Desde el umbral de la cocina, los dos hijos la miraban entre desolados y atónitos, y como si le estuvieran reprochando algo. Era como si no quisieran perdonarle que su vida de esclava se hubiera animado ligeramente en las últimas horas, como si no pudieran admitir en modo alguno que, aunque fuera tímidamente, ella hubiera vuelto por fin a respirar, hubiera vuelto a la vida.

—De todo esto tiene la culpa el museo. Si lo sabré yo... —comentó Bernd a su padre.

Voló un nuevo tarro de mermelada, que tampoco dio en su blanco. Y poco después, una Rosa Schwarzer muy abatida, cansada de tanta incomprensión, se rendía. Se sentó en una silla y se quedó sollozando débilmente durante un rato. De vez en cuando le gritaban:

—Calla, mamá.

—Que te calles, mamá Rosa.

Se quedó allí en la silla, como si estuviera sentada en el museo, hasta que terminó la programación de televisión. Llegada la hora en que todos se fueron a dormir, se acostó sin ganas, presa de un insomnio galopante, y pasó la noche en vela imaginando todo tipo de historias que sucedían en un parque solitario y helado que convertía en noctámbulos a todos sus visitantes. Y ya con las luces del alba, sin haber dormido en toda la noche, se le oyó decir:

—Esta vida para qué.

Lo ha dicho en la duermevela de hoy, poco antes de levantarse y preparar el desayuno en el que sólo ha probado una loncha de jamón mientras pedía excusas por lo de ayer al marido y a los hijos y les explicaba que se sintió afectada por el hecho de cumplir los años que cumplía, y que eso era todo, y que la disculparan.

Luego, como tantos días desde hace años, se ha dirigido en bicicleta al museo, y ahora se halla en su aburrida silla de siempre, muerta de sueño tras la inquietante noche, bostezando ostensiblemente mientras trata de no dejarse seducir por la llamada del oscuro príncipe que, para invitarla a adentrarse y perderse en el lienzo, le envía el arrogante sonido del tam-tam de su país, el país de los suicidas.

Yo sé que Rosa Schwarzer, en su desesperado intento de apartar el influjo del príncipe, está refugiando su mirada en los tenues colores rosados de *Monsieur Perlacerdo*, que es otro de los cuadros de esa sala que tan celosamente custodia y en la que si ahora alguien osara irrumpir en ella se encontraría con una eficiente vigilante que de inmediato interrumpiría su bostezo y, poniéndose en pie, rogaría al intruso que, a causa de la frágil alarma, hiciera el favor de no aproximarse demasiado ni a Monsieur Rosa ni al Señor Negro.

Lo dicho, Rosa Schwarzer está ligeramente alarmada esta mañana. Y no es para menos, pues el tam-tam la reclama cada vez con mayor insistencia invitándola a dejar el museo y la vida, y es tanta la seducción que ejerce el príncipe negro que de un momento a otro ella podría sucumbir ante esta nueva ocasión de quitarse la vida. A la séptima va la vencida, piensa Rosa Schwarzer, y poco después recuerda que aún conserva la cápsula de cianuro en un bolsillo de su abrigo, y decide probar suerte. Si sólo es whisky tal vez le ayude a despertarse, porque se está cayendo de sueño, aunque no está segura de que el whisky despierte, nunca ha probado una gota de alcohol y no sabe cómo puede sentarle, pero se arriesgará. Y si no es whisky sino cianuro viajará al otro lado de la existencia, a ese otro mundo, lejano y seductor, en el que vive el príncipe de los suicidas, su enamorado.

De un solo y fulminante trago ingiere el veneno, y casi de

inmediato el tam-tam la envuelve con la más cálida sensualidad, aunque también bestialidad, porque tiene la sensación de que ha caído muerta. Tal ha sido el impacto, la fuerza del rápido descenso del líquido en el estómago. Súbitamente mareada de muerte, ella da una fuerte cabezada hacia delante y cuando está ya a punto de desplomarse siente que ha entrado en el cuadro y que avanza por un extraño pasadizo de un color gris plomizo que la conduce a una explanada de fuerte colorido en la que se extiende un altar precedido de varios escalones, cubiertos por una alfombra de un color verde muy intenso, nunca visto por ella antes. Cerca ya del altar y, a la sombra de una gigantesca palmera, descubre una estatua que evoca a un hombre herido mortalmente por una daga que se ha clavado en el corazón. Su corazón de suicida enamorado. Es el príncipe negro que en cuanto cobra vida comienza a celebrar la llegada de su amor y, valiéndose de una danza tan delirante como prolongada, convoca a todos los suicidas del reino a la gran explanada desde cuyo altar habrán de tener lugar los festejos de agasajo a la recién llegada. De todas las innumerables chozas bañadas por un océano de muy cristalinas aguas surgen súbditos con trajes de gala que, según le aclara el príncipe, imitan lo inimitable: el humo azul ardiente de África.

La felicidad mata y estos suicidas imitan no lo inimitable sino lo inexistente, piensa Rosa Schwarzer, mientras recuerda que también la irrealidad es desagradable. Y es que a pesar de la exultante belleza del príncipe, del humo azul ardiente y del deslumbrante país en el que se encuentra, comienza a sentirse incómoda en esa cultura incomprensible, en ese lejano y misterioso lugar en el que se celebra la muerte. Como si hubiera leído en su pensamiento, el príncipe, tras lamentar que no haya sabido apreciar el brillo de las estrellas que en honor de ella lanzan fuegos de artificio en el viejo y helado cielo de su país, le advierte que sólo podrá dar marcha atrás en su viaje si inhala el humo azul ardiente del país de los suicidas. Un humo altamente tóxico. Rosa Schwarzer comprende enseguida que se trata de volver a suicidarse, en este caso de practicar el gesto al revés, un suicidio que la haga caer, no del lado de la belleza sino del lado opuesto, del lado de la vida. Y Rosa Schwarzer no lo piensa dos veces, se acerca a una de las columnas de humo y aspira profundamente, con todas sus fuerzas, y en tan sólo unos instantes se halla de nuevo sentada en su silla del museo, junto a la que descansa, rota en mil pedazos, la cápsula embriagadora.

Nadie ha presenciado el fulgurante viaje. Y Rosa Schwarzer, eficiente vigilante, abre bien los ojos y, todavía algo mareada, recompone su figura mientras comprueba que todo sigue igual. O mejor dicho, casi todo sigue igual, porque ya no se aprecia el reclamo enamorado y constante del tam-tam de los suicidas. Inmóviles están ahora el negro del príncipe y el rosa del monsieur. En el fondo, todo está en perfecto y triste orden. Con sentimiento amargo pero en el fondo también muy aliviada, Rosa Schwarzer siente que ha vuelto a sumirse en la grisalla de su vida, y se encuentra bien, como si hubiera comprendido que después de todo no sabemos —lo diré con las palabras del poeta— si en realidad las cosas no son mejor así: escasas a propósito. Tal vez sean mejor así: reales, vulgares, mediocres, profundamente estúpidas. Después de todo, piensa Rosa Schwarzer, aquello no era mi vida.

EL ARTE DE DESAPARECER

Hasta que llegó aquel día, el día precisamente de su jubilación, siempre le había horrorizado la idea de llegar a tener éxito en la vida. Muy a menudo se le veía andar de puntillas por el instituto o por su casa, como no queriendo molestar a nadie. Y siempre había existido en él un rechazo total del sentimiento de protagonismo. Perder, por ejemplo, siempre le había gustado. Hasta en el ajedrez prefería jugar a un tipo de juego que se llama *autómata*, y que consiste en obligar al contrincante a vencer a pesar suyo. Le gustaba sentirse a buen resguardo de las indiscretas miradas de los otros. Y no era nada extraño, por tanto, que todo lo que a lo largo de cuarenta años había ido escribiendo —siete extensas novelas en torno al tema del funambulismo— permaneciera rigurosamente inédito, encerrado bajo doble llave en el fondo de un baúl que había heredado de sus discretos antepasados.

Era un hombre modesto, no orientado hacia sí mismo, sino hacia una búsqueda oscura, hacia una preocupación esencial cuya importancia no estaba ligada a la afirmación de su persona; se trataba de una búsqueda muy peculiar en la que estaba empeñado con obstinación y fuerza metódicas que sólo se disimulaba bajo su modestia.

¿Para qué exhibirme (razonaba Anatol cínicamente) y por qué dar a la imprenta mis textos si en lo que yo escribo sospecho que no hay más que una ceremonia íntima y egoísta, una especie de interminable y falsificado chisme sobre mí mismo, destinado, por tanto, a una utilización estrictamente privada?

Era un razonamiento absolutamente cínico que él se hacía a menudo para no sentirse tentado a publicar. Porque nada más lejos de la realidad todo aquello que se decía a sí mismo para así engañarse y poder seguir en la amada sombra del cerrado espacio de su estudio.

Entre las medidas adoptadas para poder vivir como escritor secreto, la más curiosa de todas era la que había tomado hacía ya más de cuarenta años: la de vivir en su propio país, la pequeña y seductora, aunque terriblemente mezquina, isla de Umbertha, haciéndose pasar por extranjero. Le resultó fácil engañar a todo el mundo, porque la trágica y brutal desaparición de toda su familia en la guerra le facilitó el cambio de identidad. De pronto, una noche, muertos ya todos, Anatol comprendió que estaba solo, completamente solo en el mundo, y notó esa sensación de extravío que se siente cuando, en el camino, nos volvemos atrás y vemos el trecho recorrido, la vía indiferente que se pierde en un horizonte que ya no es el nuestro. Concluida la guerra, Anatol se dijo que al final sólo quedaba eso, la mirada hacia atrás que percibía la nada, y estuvo deambulando —extraviado— tres largos años por Europa, y cuando cumplió los veinte regresó a Umbertha y lo hizo exagerando enormemente las haches aspiradas (en Umbertha no hay palabra que no lleve esa letra, que es pronunciada siempre de forma relativamente aspirada) y cometiendo, además, todo tipo de errores cuando hablaba ese idioma. Todo el mundo le tomó por forastero, y hasta se reían mucho con su exageración al aspirar las haches, y eso le reportó a Anatol la inmediata ventaja de asegurarse protección como escritor secreto, pues en Umbertha los buscadores del oro de talentos ocultos sólo estaban interesados en posibles glorias nacionales y descartaban por sistema cualquier pista que pudiera conducir a genios forasteros.

¿En cuántos lugares de este mundo (razonaba Anatol) no

habrá en este instante genios ocultos cuyos pensamientos no llegarán nunca a oídas de la gente? El mundo es para quienes nacen para conquistarlo, no para quienes prefieren pasar desapercibidos, vivir en el anonimato.

Viviendo en ese anonimato, tratando de pasar de puntillas por la vida, protegido por su falsa condición de extranjero y confiando en no ser nunca reconocido como isleño ni como escritor, había ido disfrutando durante cuarenta años de una discreta y feliz existencia. Siempre en compañía de su esposa Yhma, una umberthiana que le dio cinco hijos y que fue siempre fiel cómplice de sus secretos literarios. Y trabajando siempre en lo mismo, como profesor de idiomas y de educación física en un instituto de la capital. Siempre en lo mismo, siempre, hasta que le llegó el día de su jubilación.

Tuvo que ser precisamente ese día cuando, resonando todavía los ecos del emocionado aplauso de varias generaciones de alumnos que acudieron espontáneamente a su última clase, vio peligrar por vez primera en cuarenta años su rechazo total del sentimiento de protagonismo, pues notó que en el fondo no le desagradaban nada todas aquellas muestras de afecto y también el sentirse (aunque fuera tan sólo por unas horas) el centro de atención de aquel instituto en el que, sin él buscarlo, se había convertido en toda una institución. Con su peculiar acento extranjero y aspirando más que de costumbre las haches —sin duda para reírse un poco de sí mismo—, bromeó con su amigo el profesor Bompharte acerca de la estimación que se le tenía en el instituto.

—Querido Bompharte, ya lo ves: instituto, institución —le dijo.

Bompharte le dedicó una sonrisa amable y condescendiente (la que habitualmente le dedicaba cuando no acababa de entender lo que quería expresar el bueno de Anatol) y le comentó que se alegraba de verle tan radiante:

—Te veo muy bien. Esto de la jubilación te está sentando de maravilla.

Anatol calló, porque pensó que si hablaba tendría que explicar —y aquello era algo vergonzoso para él— que si se le veía tan radiante era debido a lo mucho que estaba disfrutando al sentirse centro de atención de tanta y tanta gente en el instituto.

Lo que son las cosas (pensaba Anatol). Me paso días, meses, años rechazando cualquier tipo de protagonismo y, cuando de repente me convierto en el personaje principal de la función, me muero de gusto.

—¿Por qué te quedas tan callado? ¿En qué estás pensando? —le dijo entonces Bompharte.

—En lo volubles que somos todos los humanos —le contestó—. Y no me preguntes ahora por qué pensaba esto. Dejémoslo así. De vez en cuando me gusta tener algún secreto.

—Ya —dijo Bompharte con un aire un tanto misterioso—. Por cierto, creo que te hablé de la exposición de fotografías que ando preparando sobre el mundo del deporte...

—Sí. Me hablaste.

—Pero no sé si te dije que pensamos también editar un libro sobre la exposición...

—Pues no.

—Y que he pensado en ti para que, desde la autoridad que te conceden tantos años de profesor de educación física, escribas la introducción. ¿Qué te parece? Y es que sospecho, amigo Anatol, que lo harás muy bien. Siempre me has parecido un escritor secreto.

Anatol, completamente lívido, creyó que había llegado la hora del fin del mundo. ¿Qué clase de broma siniestra era aquélla? Todo el orden y la gran armonía y tranquilidad de su vida se tambaleaba por momentos. Tardó en darse cuenta de que no había para tanto, de que las palabras de Bompharte eran tan sólo una forma convencional de animarle a escribir cuatro intrascendentes líneas, y nada más. Hasta que no llegó a verlo así, lo pasó muy mal. Y lo peor de todo era que su repentina lividez y expresión de pánico le estaban delatando.

—Pero ¿te sucede algo, Anatol?

Finalmente reaccionó a tiempo y logró mudar la expresión de su rostro.

—No, nada. ¿Por qué? —Sonrió.

Era mucho mejor no negarse a escribir la introducción, pues eso sí que equivaldría a levantar automáticamente todo tipo de sospechas. Era mejor aceptar el encargo, escribir cuatro líneas con desidia y torpeza, cuatro tonterías, y acabar con aquel enojoso asunto.

—Yo pensé —ya se estaba excusando Bompharte— que disponiendo como dispondrás a partir de ahora de más tiempo libre, pues yo pensé, me dije...

—¡Nada! —bromeó rápidamente Anathol—. ¡Instituto, institución! ¿Y cómo no va a encantarme escribirte la introducción?

Una semana después, le llegaban las fotografías a su casa de recién jubilado. Eran imágenes de tenis, fútbol, esgrima, atletismo, natación... Creyó apreciar de inmediato en las fotografías de los saltos de pértiga una belleza descomunal, totalmente diferenciada del resto de las imágenes que le habían enviado. Una belleza única. Y cuando comenzó a redactar la introducción no tardó en darse cuenta de lo difícil que iba a resultarle escribir con desidia o con torpeza. Aunque hubiera sabido hacerlo, habría sido incapaz de firmar un texto inválido, y además él pensaba que era cierto eso de que cada hombre lleva escrita en la propia sangre la fidelidad de una voz y no hace más que obedecerla, por muchas derogaciones que la ocasión le sugiera.

Se dijo a sí mismo que era incapaz de escribir mal y traicionarse y que, además, allí estaba (no podía apartar de ella su fascinada y rendida mirada) la exagerada y singular belleza de las instantáneas de los saltos de pértiga, a los que irremediablemente acabó comparando en su escrito con las heroicas maniobras de los funámbulos y, como fuera que a éstos los conocía a la perfección, pues no en vano llevaba cuarenta años escribiendo sobre su arriesgado oficio, el resultado final fue un texto compacto y muy osado, hermoso y casi genial, una muy equilibrada y espectacular reflexión sobre el equilibrio humano y también sobre el mundo de los pasos en falso en el vacío del cielo de Umbertha.

La introducción llegó a manos de Lampher Hvulac, el gran poeta y editor umberthiano, y ello ocurrió no a causa de la brillantez y el nervio de la prosa de Anatol o a la importancia de la exposición (que no la tenía, más bien estaba condenada en un principio a no rebasar los estrechos límites del instituto), sino a que casualmente la sobrina favorita del gran Hvulac aparecía muchas veces en segundo plano en las fotografías de los duelos de esgrima y le hizo llegar el libro a su querido tío, que quedó asombrado y vivamente intrigado ante el ingenio del que hacía gala aquel desconocido y modesto profesor de educación física que firmaba la funambulesca introducción.

—Aquí, detrás de estas líneas, se esconde un autor —señaló Hvulac en cuanto terminó de leer la introducción. Lo dijo con cierto fanatismo y plenamente convencido, además, de que jamás le fallaba el olfato, su tremendo olfato literario.

Y poco después —para que le oyeran todos los hvulaquianos que le rodeaban en aquel momento— incluso lo repitió, gritándolo; cada vez más fanático de aquellas líneas que había leído y también de su propio olfato.

—¡Aquí hay un autor!

Poco después, todos sus incondicionales estaban de acuerdo en que detrás de aquellas frases sobre el equilibrio y la pértiga tenían que haber otras encerradas en los cajones de un escritorio, páginas secretas y deliciosamente extranjeras que Hvulac debía conocer por si merecía la pena editarlas en su exquisita colección de prosas umberthianas.

Podemos imaginar el estado de ánimo de Anatol, que en vano invocó su condición de extranjero para que se desinteresaran de él, en vano porque el círculo de Hvulac consideraba que cuarenta años en la isla le habían convertido en un umberthiano más. Y por otra parte, estaba la fascinación y curiosidad que despertaba lo que no dejaba de ser toda una expectativa inédita en la isla: la posible existencia de páginas extranjeras en la obra de un umberthiano más.

De nada sirvió que Anatol se defendiera, que negara la existencia de otros escritos. Todo fue inútil. Acosado tenazmente por el círculo de hvulaquianos, acabó confesando que, como era un aficionado a la literatura, en cierta ocasión se había atrevido a traducir por su cuenta al Walter Benjamin de *Infancia en Berlín*, y les ofreció a modo de pantalla, para que no indagaran más en sus posibles trabajos literarios, su versión al umberthiano del libro, una versión que empezaba así: «Importa poco no saber orientarse en una ciudad. Perderse, en cambio, en una ciudad como quien se pierde en el bosque, requiere aprendizaje».

—Publicaremos esa traducción —dijeron a coro todos los hvulaquianos.

¡Curioso dilema! (razonaba Anatol, aquella misma noche, en compañía de su mujer Yhma). Por una parte, hay en mí los estímulos de una honesta ambición; ciertos deseos de mover, si bien púdicamente, las cosas: decirles que en realidad la traducción la he utilizado únicamente a modo de pantalla para que no descubran que tengo escritas siete novelas terribles sobre esta maldita isla de Umbertha. Por una parte, pues, la íntima sensación de que en el fondo ardo en deseos de que me lean. Y por otra parte, con características más fuertes, el presentimiento de que un eventual destino de escritor pueda contener no sé qué simientes de una siniestra aventura. Y por encima de todo ese dilema, la impresión o tal vez certeza de que en la clandestinidad mi obra ha madurado más y mejor que si me hubiera apresurado a publicarla; y también la impresión o tal vez certeza de que estoy llegando a la última etapa de un viaje en el que he ido aprendiendo lentamente el difícil ejercicio de saber perderse en el emboscado mundo de lo impreso.

Nunca dejaste que leyera tus papeles (le dijo Yhma), y por eso yo siempre he vivido con cierta ignorancia acerca de aquello sobre lo que tú realmente escribías. Pero debo decirte que siempre, ¿me oyes?, siempre me he preguntado cuál debe ser la historia que subyace debajo de todas las historias que has contado en tus novelas.

Es triste (dijo Anatol desviándose de la cuestión), pero cada vez se glorifica menos al arte y más al artista creador; cada vez se prefiere más al artista que a la obra. Es triste, créeme.

Pero no has contestado a mi pregunta (insistió Yhma). ¿Cuál puede ser esa historia que debes estar repitiendo continuamente en tus novelas?

En el fondo, muy en el fondo (le contestó entonces Anatol simulando una confesión muy íntima y dolorosa), yo vengo repitiendo desde siempre la historia de alguien que se jura vivir en su propio país disfrazado de forastero hasta que le reconozcan.

Pues ya te han reconocido (le dijo su mujer con una sonrisa que a Anatol le pareció de una estupidez y grosería infinitas).

¿Me atreveré a subir al alambre y correr los riesgos del funámbulo? ¿Me atreveré a propiciar la publicación de la primera de mis novelas? (se preguntaba, al día siguiente, Anatol, mientras avanzaba con el manuscrito en dirección a la editorial de Hvulac). Si entrego la novela, ya nunca podré recobrarla, pertenecerá al mundo. ¿Debo entregarla? Hvulac no sabe que existe. Nada me obliga a dársela. De repente el poder de las palabras me parece exorbitante; su responsabilidad, insostenible. ¿Me atreveré a subir al alambre?

—Amigo Anatol —le diría poco después Hvulac al recibir el manuscrito—, quisiera que supiera que mi experiencia de autor reconocido confirma su presentimiento de que se trata de una aventura realmente siniestra. Entre otras cosas porque el escritor que consigue un nombre y lo impone, sabe muy bien que hay otros hombres que hasta tal punto son sólo escritores que precisamente por eso no pueden conseguir este nombre. Se trata de una aventura realmente siniestra, pero el hecho es que no se puede dejar de correrla, créame, no se puede escapar a un destino semejante.

—Pero es que a mí, amigo Hvulac, siempre me ha horrorizado el sentimiento de protagonismo. Yo siempre amé la discreción, el feliz anonimato, la gloria sin fama, la grandeza sin brillo, la dignidad sin sueldo, el prestigio propio. Ya de niño, el mundo de la escritura se me presentaba como precozmente apetecible y prohibido, relacionado, en cualquier caso, con una infracción, con una práctica furtiva. Y además, amigo Hvulac, en lo que yo escribo sospecho una operación de baja lujuria, una especie de interminable y falsificado chisme sobre mí mismo. ¿A quién podría interesarle algo semejante?

—¿Y dice que un chisme sobre sí mismo? ¿Acaso es usted también un funámbulo como su héroe?

—Ya me gustaría, ya. Pero yo nunca me atreví a serlo, porque es un oficio muy duro. Si caes, mereces la más convencional de las oraciones fúnebres. Y no debes esperar nada más, porque el circo es así, convencional. Y su público es descortés. Durante tus movimientos más peligrosos, cierra los ojos. ¡Cierra los ojos el público cuando tú estás rozando la muerte para deslumbrarlo! Es un oficio duro que nunca me atreví a practicar. Yo más bien he huido siempre del menor riesgo, y es por eso que tal vez nunca me decidí a publicar, a correr ese peligro infinito de una aventura literaria que presentía que podía contener no sé qué simientes de una peripecia realmente siniestra. Publicar era y es, para mí, algo así como arriesgarse a dar un paso en falso en el vacío. Si yo algún día viera publicada mi novela, ese hecho yo lo sufriría como si fuera un baldón, un sentirme desnudo y humillado como delante de una uniformada comisión médica militar.

—Y sin embargo no me negará, amigo Anatol, que usted me acaba de entregar su novela para que la publique. Es más, sabe perfectamente que la voy a publicar.

Por toda respuesta, Anatol bajó la cabeza, como si estuviera confundido y avergonzado por sus manifiestas contradicciones. Pero en realidad se sentía íntimamente satisfecho por haberse atrevido a dar aquel decisivo paso sobre la cuerda floja, sobre el alambre circense de la literatura.

Después, comenzó a perderse. Se imaginó en un bosque de pinos y hayas, en un paisaje lluvioso, rodeado de ardillas que se mofaban de él. El bosque era tenebroso y en la madera de los árboles había leyendas grabadas en letra impresa. Decidió que había llegado la hora de retirarse prudentemente, la hora de desaparecer. Se despidió de Hvulac y alcanzó la calle, comenzó a caminar bajo la lluvia de Umbertha, pensativo. Dio vueltas a la idea de que su novela ya no podía ser recobrada, pues ahora pertenecía al mundo, que por fin sabría, a través de una voz extranjera, de la mezquindad y miseria moral que reinaba en la isla de Umbertha.

Un sentimiento de pánico le acompañó hasta el portal de su casa. Pero se trataba de un pánico fingido, provocado artificialmente por el propio Anatol. Se disponía a entrar ya en su casa cuando de repente se golpeó teatralmente con las manos en la frente y simuló que acababa de recordar que se encontraba sin tabaco. Y entonces, mientras anochecía, dirigió sus pasos hacia el cercano café Asha, en cuya antesala (nunca Anatol solía pasar de ella) había un luminoso quiosco con un viejo cartel en el que podía leerse: TABACO Y PRENSA. Esas dos palabras unidas le producían siempre una inmensa sensación de felicidad, porque leer y fumar eran sus dos actividades favoritas y porque, además, aquella inscripción era como una señal confortable en el desierto ciudadano, pues le indicaba que se hallaba a dos pasos de su mujer, de su pipa y de sus libros, de su hogar.

En contra de su más elemental costumbre, Anatol se perdió en el interior del local. Tabaco y prensa en ristre, abordó a un camarero que le pareció que también andaba perdido por allí, y le preguntó qué clase de secreto era el que ocultaban detrás de la puerta del fondo del bar y por qué desde hacía años ésta permanecía misteriosamente cerrada. Anatol, que sabía perfectamente que por la puerta trasera del bar pasaba a diario una verdadera multitud, escuchó con simulado interés las explicaciones del camarero:

—Por esa puerta pasa cada día más gente que por la mismísima vía Vhico... ¿No ve que lleva al callejón de la China?

—No me diga... —le dijo Anatol.

—Sí. Se lo digo —respondió molesto el camarero mientras le invitaba a abandonar el local precisamente por aquella puerta.

Anatol salió de buena gana al callejón, y se puso a caminar como si se hubiera perdido. Andando en deliberado zigzag bajo la luz de las farolas, Anatol no hacía más que entrenarse a perderse para más tarde poder perderse de verdad. Y andando de aquella forma, llegó finalmente, tras no pocas vacilaciones, a la oficina de viajes marítimos que languidecía junto a la lavandería china que daba nombre al callejón. Allí, un hombre que parecía muy impaciente, le saludó:

—Por fin, ya era hora, señor... Hace rato que debería haber cerrado. Creí que no vendría. Aquí tiene su billete, y que haya suerte, señor... Perdone, no logro nunca recordar su nombre que, por otra parte, si quiere que le diga la verdad, siempre me sonó falso.

—Señor Don Nadie. —Le sonrió con inmensa felicidad Anatol. Y tras dejar que su mirada vagara por las extrañas pinturas de remolcadores que se mecían en aguas manchadas de aceite y que, junto a un calendario que exaltaba las vacaciones en Europa, decoraban la polvorienta oficina, Anatol pagó, y después salió silbando una habanera, y se perdió en la noche.

Una hora después, entró en un bar del puerto. Seguía jugando a estar perdido. Sabiendo perfectamente dónde estaba, preguntó si quedaba lejos el muelle de Europa. Le dijeron que estaba en él. Entonces pidió un café y dos fichas, y en primer lugar llamó por teléfono a Yhma.

—No te inquietes por la tardanza —le dijo—. He bajado a comprar tabaco.

—Pero ¿cómo que has bajado si no has subido a casa? A veces no te entiendo, Anatol.

—Ya lo entenderás —dijo y colgó.

Después, llamó a Hvulac.

—Enemigo Anatol —le dijo éste medio bromeando, pero también bastante en serio—, es usted un verdadero animal, permítame que le hable así. Estoy leyendo su novela, y nos deja muy mal. Pero ¿qué tiene usted contra nosotros? La verdad es que nunca imaginé que fuera usted tan extranjero...

Hubo una larga pausa en la que tal vez Hvulac estuvo esperando alguna seria justificación por parte de Anatol, pero éste permaneció en riguroso silencio.

—Pero en fin —prosiguió Hvulac—, se trata de un texto valioso, para qué negarlo, y nosotros somos más liberales de lo que usted cree, así que lo publicaremos. Es más, tiene usted que firmarme un contrato en exclusiva, quiero asegurarme los derechos de sus próximos libros. Olvídese de la pensión con la que pensaba vivir tras su jubilación, y alegre esa cara, hombre, fírmenos el contrato de su vida, y decídase a ser feliz entre nosotros.

Por un momento fue como si Anatol hubiera previsto desde hacía ya mucho tiempo que Hvulac le hablaría de esa forma, porque le contestó en un tono muy ceremonioso, como si recitara un papel aprendido de antemano:

—Hallará la puerta de mi casa abierta, amigo Hvulac, mi mujer se la franqueará con sumo gusto, encontrará todas las estancias iluminadas, y en una de ellas, en la que hasta el día de hoy fue mi estudio, hallará la llave que abre el baúl en el que descansa el resto de mi obra secreta. El baúl es suyo. La isla es bella. En mi escritorio hallará un documento que atestigua que el baúl es suyo y de la isla entera.

Hizo una breve pausa, mientras contemplaba a través de la ventana la fila de palmeras y de bancos de piedra del muelle de Europa. Y luego, añadió murmurando entre dientes y con voz muy baja y casi imperceptible:

—Y que os sea leve, porque os dejo seis perfectas bombas de relojería.

—¿Cómo dice? ¿Sigue ahí, Anatol?

—Sí, pero por poco tiempo. Porque el autor se va. Les dejo el baúl, que es lo único que interesa.

Anatol colgó el teléfono. Pensó: La obligación del autor es desaparecer. Tomó sin prisas el café, observó que había dejado de llover, y poco después se perdió en la oscuridad del muelle de Europa. Pensó: Hay personas que siempre se encuentran bien en otro lugar.

Al mediodía del día siguiente, en alta mar, el sol calentaba cada vez con más violencia, el alquitrán derretido se escurría por las paredes, el mar era azul, y el agua utilizada para lavar el puente se evaporaba directamente hacia el cielo también azul. El capitán del barco apareció sobre el puente de mando, se mojó un dedo, y comentó que ya se lo imaginaba, que la brisa estaba descendiendo y que muy pronto podría cambiar de dirección el viento. Anatol, que lo oyó, blasfemó en una larga y obscena frase que contenía cinco haches que él pronunció tan exageradamente aspiradas como pudo, y después sonrió. El capitán repitió lo de la dirección del viento, y Anatol entonces descendió, sin prisas, por la escalera que conducía a la única zona refrigerada del barco, y allí se perdió.

LAS NOCHES DEL IRIS NEGRO

> La cosa mejor que ha hecho la ley eterna es
> que, habiéndonos dado una sola entrada a
> la vida, nos ha procurado miles de salidas.
>
> SÉNECA, *Cartas morales a Lucilio*

Escucho el oleaje mientras siento que toda la tarde cabe en
una mirada, en una sola mirada de sosiego. Aunque a mí sólo
me atrae la muerte, debo reconocer que me encuentro bien
aquí, en Port del Vent, tan cerca de la vida. Estoy bien aquí,
en mi tierra y junto al mar, del que nunca debí alejarme tanto.
El mar siempre me ha dado —escucho ahora su rumor mientras fumo tendido sobre la cama— la sensación de ser algo así
como un organismo unitario, y esto me tranquiliza. Me gusta
mucho el mar. Estar cerca del mar, sobre el mar, por el mar.
Siento ante él una sensación de libertad, probablemente enga-
ñosa, pero a tener en cuenta: la ilusión de vivir.

Los últimos meses en Madrid han sido un infierno. Y no
sólo por todo el drama de la separación y divorcio de Marta,
y la consiguiente crisis profunda. No, no sólo por eso, sino
también por la amargura de estar lejos del mar. He vivido en
un estado casi permanente de claustrofobia que sólo lograba
vencer cuando íbamos a jugar a estadios de ciudades portua-
rias. Sólo entonces me reencontraba conmigo mismo, e incluso jugaba mis mejores partidos. Porque yo nací junto al mar,

y lo necesito siempre a mi lado. Durante todos estos años en Madrid no he hecho más que añorar pueblos como éste en el que ahora me encuentro: lugares en los que resulta del todo imposible marcar límites precisos. Por eso estoy bien aquí, en este pueblo y en esta agradable Fonda Iborra y en esta calle tan breve como singular: calle de fachadas blancas que une, en su último tramo, dos avenidas convergentes, en ese sitio del pueblo cuyos bares y restaurantes siguen aprovechando, en sus listas de precios, el póstumo prestigio de la bohemia que en otro tiempo frecuentara Port del Vent.

Hemos venido Victoria y yo a este rincón de la Costa Brava porque ella quería conocer el pueblo donde su desconcertante padre —al parecer, hombre de notable mal genio y persona algo tocada por la tramontana, el viento de su infancia— pasó los últimos meses de su vida, dedicado a la explotación de unas pequeñas tierras heredadas y a la memorización —supongo que por puro capricho— de equipos de fútbol españoles de segunda o tercera fila.

Victoria no llegó nunca a conocer a su estrafalario padre, pues unos meses antes de que ella viniera al mundo en la ciudad de Buenos Aires —de eso hará pronto veinte años— una grave disputa matrimonial y, sobre todo, un último y definitivo ataque de mal genio y de locura tramontanesca hicieron emprender al padre el camino de regreso a Cataluña, dejándolo todo, absolutamente todo —incluida la esposa y los siete hijos bonaerenses— para instalarse en su villa natal, Port del Vent, donde a los pocos meses de su llegada, con todas las alineaciones secundarias del fútbol español aprendidas de memoria, moriría al perder pie en lo alto de la iglesia del pueblo, cuando actuaba de extra en la última película que se rodó aquí en este barrio que antaño fue escandaloso por bohemio y del que, en opinión del señor Iborra, el dueño de esta fonda, ya tan sólo queda la memoria del fracaso general de sus torturadas, hermosas y malditas noches.

A Victoria la conocí el año pasado cuando crucé el charco

para ir a jugar con la selección a la cancha del River. Vino al hotel a entrevistarme y, después de explayarme yo a gusto acerca de mis inquietudes intelectuales («tan raras en un futbolista, lo sé», le repetí varias veces) y también acerca de mi inminente retirada de los campos de juego, ella me habló de su padre catalán y de la afición de éste a memorizar equipos sin relieve. Me contó también —y me pareció bastante cómico, pero reprimí mi risa, porque ella lo dijo con verdadera tristeza— que el texto de la última carta que su padre había enviado a Buenos Aires era una sarta de insultos dedicados a su mujer, seguidos de una extravagante posdata en la que se limitaba a reproducir la alineación titular del Centro de Deportes Sabadell de la temporada 1957-1958.

Ya desde el primer momento surgió entre los dos una corriente de mutua y sincera simpatía —el amor llegaría algo más tarde— que a mí de repente me llevó a acompañarla, sin saber muy bien por qué, hasta la puerta del hotel y, una vez allí, cuando ya estaba estrechando su mano para despedirme, me llevó también a darle un tímido beso en la mejilla y poco después a fugarme de la concentración del equipo nacional para acompañarla durante unos minutos por las calles de la Recoleta, entrando en el cementerio que da nombre al barrio, donde bajamos la vista y nos demoramos, al caer la tarde, entre las lentas filas de los panteones.

La pausada fatiga de los colores de la tarde y la melancolía propia de la hora crearon un clima adecuado para que Victoria me contara su íntimo y cruel drama. Nadie lo hubiera dicho viéndola allí ensombreciendo a los panteones con su arrogante belleza y vitalidad, pero lo cierto era que le quedaban muy pocos meses de vida; un tumor cerebral se había reproducido ya varias veces con insistencia fatal, y todo parecía indicar que el final estaba próximo.

Al enterarme de esto, apenas supe qué decirle a Victoria, pero noté que ella y aquella amenaza de muerte que aún la embellecía más ante mis ojos, me atraía poderosamente, con esa fuerza extraña e incontrolable que hace que, de un tiempo a esta parte, todo aquello en lo que intuyo que anida la muerte me seduzca irremediablemente. Y entonces pensé que tal vez eso explicara mi extraña conducta, el hecho de que hubiera abandonado de aquella forma la concentración del equipo nacional y que, actuando como seducido por tanta belleza y muerte, me hubiera precipitado a la calle para acompañar a Victoria en su camino por el barrio de la Recoleta.

Caminamos en silencio hasta su casa y, al llegar al portal, aunque era muy difícil, intenté rebajar la tensión y bromeé acerca de una posible relación entre la voluntad de ser periodista deportiva y la afición de su padre a memorizar equipos de fútbol. Victoria entendió que debía reír y me dirigió una hermosa y patética sonrisa de excepcional tristeza y me dijo que ya no volveríamos a vernos nunca más, pero que, si la vida lo permitía, me escribiría a mi domicilio de Madrid.

No lo hizo en los meses que siguieron, y temí lo peor, y me fui haciendo a la idea de que Victoria había sido una visión tan fugaz como irrepetible. Pero el día menos pensado, llegó una carta. Cuando ya el paseo por la Recoleta se había convertido en un recuerdo algo lejano —del que sobrevivía, no obstante, muy fuerte todavía, la impresión que me había causado la deslumbrante luz austral que acompañara nuestro trayecto de charla triste y cementerio— me llegó a Madrid, en vísperas de mi partido de homenaje y despedida del fútbol, una carta de Victoria en la que me decía que seguía viva, aunque más desahuciada que nunca: «Parece que me quedan sólo un par de meses, de modo que he decidido viajar al país de mi padre, y voy a hacerlo sola. Me agobia mi familia y la compasión que despierto en ellos, y he logrado que me dejen estar a solas una semana en España. ¿Podremos vernos?». Y después, tras una serie de reflexiones jocosas en torno al mundo del fútbol, acababa diciéndome: «Y finalmente, una pregunta. Recuerdo que cuando caminamos esas pocas cuadras juntos en Buenos Aires, me contaste una historia, no sé si refiriéndote a ti mismo o a un amigo, la historia de alguien que no podía comer... ¿Qué era lo que no podía —o no podías— comer salvo cuando alguien (¿otro amigo?, ¿vos?) le tapaba...? ¿Qué era lo que tapaba? ¿La cabeza? ¿El rabo? ¿Las alas?».

Me fascinó que me llegara de tan lejos una pregunta así. Le contesté explicando que era un problema que yo tenía, ya desde mi infancia, con el pescado, a causa del horror que me infundían, y todavía hoy me infunden, las inexpresivas y extraviadas miradas que pueden verse en los peces arrebatados al mar. En la posdata añadía: «Iré encantado a buscarte al aeropuerto a las ocho y diez de la mañana del 7 de julio, pues son muchas, muchísimas las ganas que tengo de verte y, además, si quieres, puedo acompañarte a conocer el pueblo de tu padre».

Era verdad, tenía inmensas ganas de verla, tal vez porque intuía que podía ayudarme a olvidar por unos días algunos de mis problemas (separación de Marta, mala marcha del negocio, retirada infeliz del fútbol) y porque, además, aquella carta de estilo tan directo e ingenuo y, sobre todo, la extrema inocencia de la pregunta final hacían presagiar algo bueno y alentador, aunque también era cierto que la pregunta se las traía, porque en efecto era una pregunta inocente como ella sola pero, también precisamente por eso, extremadamente peligrosa, pues revelaba que Victoria se interesaba por mí, y eso convertía a la pregunta en algo tan grande como un toro alado: una pregunta con pies y cabeza, alas y rabo, y orejas que cortar, es decir, algo muy parecido al amor, que es también en el fondo una gran pregunta y algo tan directo e ingenuo como extremadamente peligroso.

De modo que cuando Victoria pisó Barajas, yo ya sabía que aquello podía convertirse en una historia de amor tan grande como un toro alado. Y así ha sido, y aquí estamos ahora, en Port del Vent. Llegamos ayer de madrugada, hospedándonos en esta agradable Fonda Iborra, en una de cuyas habitaciones ahora yo me desperezo mientras fumo y pienso tendido sobre la cama y me cuento a mí mismo las cosas que me pasan.

Este mediodía el señor Iborra nos ha invitado a comer, ofreciéndonos un besugo al que ha habido que taparle la cabeza pero que, por lo demás, estaba exquisito. Después, en la larga y amena sobremesa, me ha pedido un autógrafo para su sobrino y se ha interesado por esa ligera cojera que, un mes antes de lo previsto, me ha retirado de los terrenos de juego. Le he contado que era una cojera para toda la vida y me ha dicho que lo lamentaba mucho, lo cual no creo que sea cierto porque de inmediato se ha olvidado de mi pequeña desgracia y ha pasado a hablar de otras cosas. Se ha ofrecido a acompañarnos y guiarnos esta tarde por el cementerio. Dice que conoció bien al padre de Victoria, aunque la verdad es que parece más bien todo lo contrario, pues hasta ahora se ha mostrado muy parco y cauteloso a la hora de hablarnos de él.

—Jugábamos a la petanca —ha sido todo lo que hasta ahora se ha dignado decirnos.

Esperemos que haya más suerte esta tarde. Pero lo dudo, no sé por qué. En realidad, tampoco entiendo por qué se muestra tan interesado en acompañarnos al cementerio. Aunque es hombre educado y amable, a veces se comporta de forma algo extraña. Por ejemplo, cuando Victoria quiere saber cosas de su padre. Entonces, se cierra en banda, como si en realidad no hubiera conocido al padre o, tal vez todo lo contrario, lo hubiera conocido demasiado y tuviera algo que ocultar. No sé. Su conducta no la veo yo muy normal. Además, se llama Catón. Dice que sus padres amaban la antigüedad clásica, y que de ahí el nombre. No sé, pero no acabo de fiarme de él. Lo de la petanca, por ejemplo, no lo veo nada claro. Y es que, por muy amable y educado que sea, no sé si debe confiarse en alguien que se llame Catón. No sé.

Hay en la actitud de Victoria ante la muerte una profunda y admirable serenidad, como si sospechara que lo más importante, tal vez lo único que realmente cuenta en la vida, sea prepararse para morir con dignidad. Desde que hemos llegado a Port del Vent y sobre todo desde que hemos visitado el cementerio, esta actitud de Victoria incluso se ha incrementado, tal vez porque aquí ella se siente ayudada por la presencia de este sereno oleaje y de este mar, de este mar Mediterráneo, el escenario de antiguas gestas, el mar de los clásicos.

En todo eso pensaba yo hace un rato cuando, al caer la tarde, nos paseábamos entre las tumbas y las esculturas, leyendo distraídamente las leyendas de algunas lápidas y mirando en silencio fechas fatales y flores ajadas sobre los mármoles que hay a un lado y al otro de la avenida central asfaltada que, descendiendo en dirección al pueblo y al mar, divide en dos al camposanto.

—Coreografía de la destrucción —ha comentado pomposamente Catón, dándoselas de poeta o de erudito o de yo qué sé.

Nos hemos detenido en la tumba de alguien que no se movió jamás de Port del Vent, ni siquiera para ir al pueblo de al lado. Y hemos leído el epitafio que celebra su amor al lugar natal y su absoluta carencia de manía en abandonarlo: «Conviene a los felices quedarse en casa».

Después, nos ha llamado la atención la tumba de Bonet, un hombre sencillo, un humilde pescador de este pueblo. Su epitafio está en inglés, y Catón, que se ha mostrado incómodo de que nos hubiéramos detenido en esa tumba, lo ha traducido así: «No te cierres el camino de la libertad. Si te place, vive; si no te place, estás perfectamente autorizado para volverte al lugar de donde viniste».

Ni Victoria ni yo sabemos inglés. Le hemos preguntado —incrédulos— si realmente dice eso el epitafio de un sencillo pescador de Port del Vent.

—Sí —ha dicho Catón—, no me lo invento. El bueno de

Bonet lo puso en inglés para evitarse cualquier complicación con el cura.

—No me extraña —he dicho—, porque si no me equivoco estas frases justifican el suicidio, ¿no es eso?

—Sí, pero nadie se ha dado cuenta aquí en el pueblo —ha dicho Catón—. Entre que las frases están en inglés y que aquí la gente no lee nada, ni un periódico y menos un epitafio de tumba, han pasado siempre desapercibidas. Bueno, ahora que recuerdo, el cura se interesó, un día, por saber qué querían decir esas frases. Me pidió a mí que se las tradujera, y yo le dije que eran un elogio de la vida en Gran Bretaña, y el hombre se quedó muy pensativo, sin entender nada, supongo que preguntándose qué se le había podido perder al bueno de Bonet por tierras tan lejanas.

—No tan lejanas —ha dicho Victoria.

—Para Bonet lo eran. Para él todo lo que estaba fuera del Mediterráneo eran brumas extrañas y dragones echando fuego en cuevas salvajes de países bárbaros que se hallaban en los confines del mundo. Para Bonet sólo existía este mar. Os hubiera gustado conocerle. Era todo un carácter, un tipo de los que ya no quedan, porque hoy en día los pescadores de este pueblo son todos una calamidad, gente que sólo ve la televisión, no sé, todo ha cambiado mucho.

Poco después, ha pasado a mostrarnos el nicho de un oriental, de un japonés muy querido en el pueblo, un enamorado de Port del Vent y, muy especialmente, de una escultura de Llimona, que representa a una mujer arrodillada llorando y cuyo pie izquierdo descalzo era para el japonés un pie tan perfecto y tan insuperable que pidió que a su muerte le enterraran en un nicho desde el que fuera posible contemplar, durante toda la eternidad, el pie magnífico.

—Y ya veis que respetaron su última voluntad —nos ha dicho Catón.

Y así es, en efecto. Hemos visto la escultura y el pie insuperable (cubierto, en deferencia al reposo eterno del japonés, con un plástico, por si llueve y el agua lo deteriora), y frente a él la mirada eternamente agradecida y escrutadora que se adivina en el nicho nipón.

Hemos seguido andando y hemos llegado al colosal panteón de la familia Miró, donde está enterrada la infeliz María, la muchacha que murió de pena de amor. Su padre le había prohibido que se casara con un joven al que le faltaba posición social y económica. Y en vista de eso, el joven viajó a América para hacer fortuna y, mientras iba haciéndola, le enviaba cartas de amor desde Punta del Este, cartas que nunca llegaban a su destino, porque el padre las interceptaba y destruía. El día en que el joven, dueño ya de una sólida fortuna, regresó a Port del Vent, lo hizo convencido de que ella, tal como le había prometido al partir, le esperaba para casarse. Las salvas que desde el barco del indiano anunciaban la boda se confundieron con las campanas de la iglesia doblando a muerte, porque aquel mismo día la infeliz María, creyéndose olvidada, había muerto de irremediable tristeza de amor.

—Y ahora seguidme —nos ha dicho Catón—, porque vais a ver la tumba de Sabdell, el poeta de Port del Vent. Se trata, debo advertíroslo, de una sepultura algo especial, porque en ella no está enterrado nadie. La financió Sabdell con sus pocos ahorros, pero él no yace ahí ni en ninguna parte. En una noche de tormenta se le vio desaparecer en el mar, y su cuerpo jamás fue hallado.

Como si el poeta Sabdell conociera de antemano su destino, hay en la tumba vacía una singular inscripción que él mandó grabar unos meses antes de su muerte: «Joan Sabdell. En los días impares, le ahogaba mucho la vida. En los días pares, la vida le parecía un cuchillo sin hoja al que le falta un mango».

—Ya veis —ha comentado Catón—. La vida no significaba nada para él.

Victoria se ha reído y ha dicho que encontraba francamente animado el cementerio. Al decir esto, se ha quedado corta. Porque al dejar atrás la tumba vacía hemos empezado ella y yo a interesarnos por un hombre de cabellos cortos y canos y cara muy surcada y con aspecto de pájaro. Era un hombre que cojeaba ligeramente —como yo— del pie izquierdo y que venía siguiéndonos desde hacía un rato, olfateando todos los lugares y tumbas que íbamos dejando atrás.

—¿Quién es? —hemos preguntado.

—Uli —ha sido la tensa y seca respuesta de Catón.

Como si nos hubiera oído, Uli se ha escondido detrás de otra escultura de Llimona, pero poco después ha reaparecido y nos lo hemos encontrado de frente, avanzando como alma en pena y mirándonos con fijeza molesta. Al pasar junto a nosotros, se ha entretenido susurrándonos al oído con gran parsimonia y casi recreándose en las palabras:

—Con dignidad murió. Su sombra cruza.

En voz baja hemos preguntado a Catón si se trataba de un loco o tal vez era un bromista que pretendía hacerse pasar por un fantasma.

—Bueno, veréis —ha dicho Catón algo alterado y profundamente molesto—. Se trata de mi hermano mayor, Uli. Se pone muy inquieto a esta hora cuando presiente que van a cerrar el cementerio.

Este comentario lo ha hecho en voz muy alta, para que pudiera oírle su hermano.

—¿Verdad, Uli? —le ha dicho.

—Mentira —ha contestado Uli con cierta solemnidad—. Absoluta y risible mentira. Ya estás otra vez tratando de hacer creer a la gente que soy un demente... Me cansas, Catón.

—Verdad y mentira —se ha puesto algo trascendente Catón—. Ya estamos en lo de siempre, Uli, en la misma y eterna discusión entre nosotros. Verdad y mentira. Pero yo digo que lo cierto es que te pones muy nervioso cuando presientes que van a cerrar el cementerio. Y también digo que mentira es todo lo que sueles contar a la gente. Mentira son todas esas historias con las que te gusta asustar a los visitantes de este lugar. Y no voy a permitir que hagas lo mismo con mis amigos. Así que ya estás largándote de aquí...

—Eres un cínico lamentable —le ha respondido Uli—. Sabes muy bien que soy el portero de este recinto —ha titubeado—, de este recinto sagrado. No trates de presentarme, pues, como un loco.

Dicho esto, Uli ha intentado acercarse más a nosotros, pero su hermano se lo ha impedido enérgicamente.

—¿Quién fue su padre, señorita? —ha dicho Uli zafándose por momentos de los empujones de su hermano—. Si no me equivoco, usted es argentina, y su padre podría ser...

Victoria se disponía a contestarle cuando Catón lo ha impedido situándose delante de ella y casi tapándola con su cuerpo.

—¿Nos vas a dejar en paz, maldito Uli? Mira que te lo tengo dicho, ya no lo voy a repetir más. Fuera. Fuera de aquí, fuera —ha dicho levantando el puño, y lo he visto capaz de golpear a su hermano. Éste, en vista del cariz que tomaba el asunto, ha optado por emprender la retirada, y lo ha hecho exagerando un poco en la cojera.

—¿Conoció Uli a mi padre? —ha preguntado Victoria, una vez ya superado el incidente, extraño incidente.

—Bueno, es posible. No sé, qué sé yo. Pero debo deciros que si os cuenta algo no debéis creerle una palabra. Lo inventa todo y no está nada bien de la cabeza. Piensa que es el portero y guardián del cementerio, y con eso creo que ya está dicho todo. Está como un cencerro.

—¿Y qué clase de nombre es Uli? —he preguntado.

—Ulises —ha dicho Catón—. Y una hermana nuestra, que ya murió, se llamaba Medea. Nuestros padres llevaron muy lejos, como podéis ver, su amor a la antigüedad clásica.

Ha bajado lentamente la cabeza y se ha quedado como pensativo, y luego ha lamentado que a Uli sus padres no le hubieran puesto un nombre más adecuado.

—Los nombres marcan mucho la vida de las personas

—ha reflexionado en voz alta—. Aquiles o Diomedes le habrían sentado a Uli mucho mejor. Le habrían inculcado un espíritu pretencioso, guerrero, orgulloso. Pero no. Tuvieron que ponerle Ulises, y yo creo que eso, a la larga, le ha sentado fatal.

Le hemos preguntado por qué, y se ha cerrado en banda, como cuando le preguntamos por el padre de Victoria. Luego, hemos seguido viendo tumbas, todas de escaso interés y nula inspiración en los epitafios. Hasta que hemos llegado a la de Norberto Durán.

—Fue el mejor médico que hemos tenido aquí —nos ha dicho Catón—, un hombre excepcional y, además, una figura clave en todo ese mundo bohemio en los años de esplendor de Port del Vent.

La tumba es muy sobria y elegante. «Mármol de Carrara», ha dicho Catón muy satisfecho. Y el epitafio está a la altura de los mejores del lugar: «Nunca es tan sabrosa la fruta como cuando se pasa; el mayor encanto de la infancia se encuentra en el momento en que termina».

Grabadas en la cruz de hierro algo oxidada que preside la tumba, hay unas iniciales que anteriormente yo había visto ya en las lápidas del poeta Sabdell y del pescador Bonet: C. D. M. S. S. C. He preguntado qué significaban las iniciales, pero Catón no ha sabido qué responder y me ha salido con la evasiva de un chiste fácil, lo que me ha hecho sospechar que podía estar ocultándome algo. Como futbolista siempre fui muy intuitivo, me adelantaba unas décimas de segundo a las jugadas que adivinaba en el equipo contrario. Esta tarde en el cementerio he creído intuir que, por algún motivo que se me escapaba, Catón podía estar ensayando una jugada que consistiría en demorarse en todas las tumbas con la idea de que fuera descendiendo la intensidad de la luz, y sólo entonces llevarnos a la tumba del padre, donde podía haber algo que no creía conveniente que viéramos con excesiva claridad.

Esto tal vez ha influido en lo que he visto o he creído ver al llegar al lugar donde reposan los restos del padre. Una tumba que nos ha impresionado por su radical despojamiento. Ninguna inscripción. Tan sólo el símbolo de la cruz. Ni siquiera el nombre del padre. Nada de nada. Tiene que haber algo más, me he dicho.

—¡Qué extraño! —ha comentado Victoria—. ¿Seguro que ésta es la tumba? ¿Por qué no está su nombre en la lápida?

—Tu padre quería que fuera así. El símbolo de la cruz, y nada más —ha dicho Catón.

Tiene que haber algo más, me he seguido diciendo yo, tal vez influenciado por la intuición de que Catón trataba de ocultarnos algo. Eso es lo que me ha llevado a fijarme en que sí que había una inscripción —anómala y casi imperceptible, pero a fin de cuentas inscripción— en la tumba. No era advertible a primera vista, pero ahí estaba para quien quisiera verla. En el extremo inferior izquierdo del mármol alguien había grabado con un objeto punzante una especie de dibujo de un cayado, o tal vez de una flecha, que señalaba hacia la base de piedra de la sepultura, donde alguien con el mismo punzón había rayado seis mínimas y casi imperceptibles mayúsculas: C. D. M. S. S. C.

Me he preguntado si dar o no importancia a esto. Victoria no ha visto nada, y he preferido guardar silencio. Catón, entretanto, ha comenzado a mostrarse inquieto ante la proximidad de una campanilla que avisaba del cierre del camposanto.

—Creo que deberíamos irnos —ha sugerido Catón mientras Victoria arrojaba un ramo de rosas sobre la destartalada lápida. Hemos tomado el camino de la salida. Y una vez ya fuera del recinto, nos ha parecido ver una solitaria tumba junto a un ciprés no menos solitario. Una sepultura extramuros.

—¿Y aquella tumba? —hemos preguntado.

—Allí descansa Eceiza, el ateo del pueblo —se ha apresurado a decir Catón—. El cura se negó a enterrarlo en camposanto, y ahí lo tenéis, feliz en la libertad del campo abierto.

Y tras una breve pausa, como si se sintiera obligado a contarnos algo más sobre el ateo, nos ha dicho:

—A su entierro acudió mucha gente del pueblo, casi una multitud, porque dejó encargado a su administrador que pagara mil pesetas de la época a todos aquellos que le acompañaran hasta su última morada. Fue una gran manifestación popular, su último gran triunfo sobre el cura. Y más aún teniendo en cuenta las circunstancias de su muerte.

Victoria ha preguntado de qué murió, y el rostro de Catón se ha ensombrecido por momentos.

—Le mató la vida —ha dicho—. Se acercó a ella, a su secreto más profundo, y ella lo mató. Para mí, es así de sencillo. No hay otra explicación. Yo le había oído decir que un revólver era algo sólido, porque era de acero, no de cristal como la vida. Decía también que un revólver era un objeto. Y dos días antes de volarse la tapa de los sesos, me dijo que no iba a tardar nada en tropezar por fin con ese objeto.

Dicho esto —de lo que, por cierto, no hemos entendido mucho—, ha intentado que nos olvidáramos de la tumba y, dando una vuelta en redondo sobre sí mismo, ha comenzado a bajar, tratando de que le siguiéramos, por la pendiente que hay frente a la puerta del cementerio. Pero Victoria, como atraída súbitamente por la tumba extramuros, se ha dirigido hacia la insólita sepultura del ateo. Y yo, movido por la recién adquirida costumbre de fisgonear en todas las tumbas y leer todos los epitafios, la he seguido.

Nos hemos encontrado ante otra sepultura de radical despojamiento. Ni el nombre ni apellidos del ateo. Tampoco, por supuesto, el símbolo de la cruz. Tan sólo una inscripción, seis iniciales grabadas con esmerada caligrafía sobre la piedra: C. D. M. S. S. C.

Victoria me ha ofrecido un cigarrillo.

—¿Querés?

Se ha levantado un airecillo, y he subido el cuello de mi camisa.

—¿Qué serán esas letras? —ha preguntado Victoria—. Vos, ¿qué pensás?

—Con dignidad murió. Su sombra cruza —ha dicho ceremoniosamente una voz a nuestra espalda.

Al girarnos nos hemos encontrado con Uli que, apoyándose en un cayado, nos sonreía mientras agitaba la campanilla de cierre del camposanto.

—Eso es lo que significan esas letras —nos ha seguido diciendo—. Todos supieron morir con dignidad, menos Catón y yo.

Al ver que Catón estaba volviendo apresuradamente sobre sus pasos, nos ha dicho con palabras atropelladas y, en cualquier caso, algo enigmáticas:

—De las viejas noches del iris negro, cuando la mirada lo ve todo más negro y más oscuro que la noche misma, ya sólo quedamos Catón y yo y la vergüenza de continuar vivos, la vergüenza de no haber tenido el valor de quitarnos la vida.

Al ver que Catón estaba ya encima de nosotros, ha levantado con ira el cayado, como preparándose para un nuevo episodio del combate fratricida, pero finalmente ha preferido dirigirse hacia la cancela del portal del cementerio, cerrándola con doble candado y confirmando que no estaba tan loco cuando decía que era el portero del camposanto.

Ha pasado un avión que volaba muy bajo, y yo he seguido su vuelo. El ruido de los motores nos ha dejado a casi todos sordos, y ha sido bajo ese atronador ruido cuando Catón me ha gritado al oído que era preciso y muy urgente que hablara conmigo a solas, y me ha citado en el Club Náutico a las cinco de la tarde de mañana.

—Acude tú solo, por favor —creo que me ha dicho—, no vengas con Victoria. Conviene preservarla de lo que me veo obligado a contarte.

Me he quedado imaginando que yo conducía ese avión y que el sol invadía la cabina y que a mí me daba por mirar el espacio inmóvil, la luz. Luego, he aterrizado. Muy lejos. El sol acababa de ocultarse tras las colinas que protegen Port del Vent, y la luz, en unos segundos, se ha transformado por completo. Me ha parecido ver a Uli, en el último contraluz de la tarde, agitando con ira eterna su cayado.

Esta mañana, al despertar, Victoria me ha dicho que ha soñado que caminábamos los dos por la calle Florida, en Buenos Aires, y que ante nosotros se extendía la plaza San Martín y que nos negábamos a atravesarla, pero que finalmente lo hacíamos mientras un viento frío venido de muy lejos nos traspasaba. La plaza casi flotaba en el aire, y allá, a lo lejos, en los confines azulados del agua, de la niebla y del cielo blanquecino, se veían vagar humos que se deslizaban o ascendían desde los barcos que yacían inertes en el Río de la Plata.

—No es un sueño premonitorio —me ha dicho—, porque yo no pienso volver ni loca a la Argentina. Jamás volveremos a estar tú y yo juntos en las calles de Buenos Aires. Yo me quedo aquí, en Port del Vent. Varada, junto a ti.

Ha hecho uno de esos gestos mediante los cuales una persona manifiesta, sin darse cuenta, una gracia que no sabe que tiene. En el caso de Victoria, la gracia de la muerte. Y a la atracción que siento por ella se ha unido la que siento por este pueblo y por este mar, y desde ese momento Victoria y Port del Vent han compuesto una única figura que se pierde no muy lejos de este paisaje de belleza y muerte, no muy lejos del filo mismo de mi horizonte.

Hace un rato, mientras acabábamos de devorar otro excelente besugo, Victoria me ha dicho que iba a enseñarme la última carta que envió su padre a Buenos Aires.

—¿Qué carta? —he preguntado—. ¿La que llevaba como posdata la alineación del Sabadell?

—La misma, sólo que no es una alineación. Estuve mirando ese mensaje final, y me parece que podría tratarse de un acróstico.

He preguntado qué es un acróstico, y Victoria me lo ha explicado. Después, ha pasado a contarme que, poco antes de partir de Buenos Aires, robó la carta a su madre y enseguida vio que allí no había alineación alguna del Sabadell.

—La carta —ha seguido diciendo Victoria— está escrita en el hall del hotel Port del Vent. Y yo salí de Buenos Aires con la idea de leer por última vez la carta de mi padre en el mismo lugar en el que él la escribió. Ésa será mi despedida de mi pobre papá. Él jamás pudo imaginar que su cruel carta regresaría al punto de partida.

Me ha pasado una hoja de papel cuadriculado en la que, tras una serie de tremendos insultos («Desde este maravilloso hall del hotel Port del Vent te escribo para decirte que eres una vieja bruja...»), hay una posdata que a todas luces no contiene alineación de fútbol alguna, pues donde se suponía que el padre había escrito Sabadell, puede leerse en realidad Sabdell, es decir, el apellido del poeta de Port del Vent. Y son ocho únicamente los apellidos que siguen. No hay, por tanto, equipo de fútbol posible. Sin duda, la familia de Victoria leyó mal la carta en su momento. En la hoja de papel cuadriculado, tras los innumerables insultos, puede leerse: Sabdell, Uribe, Iborras, Candi, Itotorica, Durán, Amoral, Tonet, Eceiza.

—Está muy clara la cosa —he bromeado algo nervioso—. Tonet es Bonet. Durán es Durán. Y los Iborra son dos, eso aún está más claro. Pero, por lo demás, no entiendo nada. Algunos están en el cementerio y murieron con dignidad, su sombra cruza. Y hay un ateo que se llama Eceiza, que duerme a la intemperie, y ya no sé qué decirte más, ya me dirás.

—¿Más besugo? —me ha preguntado Victoria.

He dicho que no, que ya tenía bastante.

—¿Te acordás de nuestro paseo por el cementerio de la Recoleta? —me ha preguntado con su más serena sonrisa.

—¿Y cómo no me voy a acordar? —le he dicho quitando

la funda de papel de plata que cubría la cabeza del besugo, como si estuviera dando el primer paso para que mis ojos empezaran a parecerse a lo que yo más temía y, al mismo tiempo, tanto me atraía: los ojos de esos peces de mirada inexpresiva y extraviada.

—¿De qué hay que preservar a Victoria? —he preguntado a Catón mirándole por encima de mi taza de té.

—De la verdad —se ha apresurado a contestarme.

El camarero del Club Náutico se ha retirado inclinando la cabeza y me he quedado pensando si el gesto de respeto iba dirigido a nosotros o a la verdad.

—Lo primero que has de saber —me ha dicho Catón— es que el padre de Victoria, que fue muy buen amigo mío, se arrojó voluntariamente al vacío. No veo necesario que Victoria lo sepa. Es una mujer muy frágil y sensible, sensible como su padre. Yo a éste le quise mucho, y para su hija sólo deseo lo mejor. Si os acompañé al cementerio fue para evitar que mi hermano Uli os contara su versión desquiciada de ese suicidio. Creí conveniente mantener a raya a mi hermano, preservar a Victoria del duro trance de conocer la verdad sobre la muerte de su padre y, sobre todo, de conocerla de manera brusca y tan poco ajustada a la realidad. Porque lo que Uli cuenta es pura demencia. A él le afectaron mucho unos hechos hoy ya perdidos en la noche de los tiempos. Le afectaron hasta el punto de que no ha podido levantar cabeza desde entonces. Vive atormentado por no haber sido capaz de morir como lo hicieron sus mejores amigos. Para no llevarle la contraria, le dejamos creer que es el portero del cementerio, incluso tiene las llaves para cerrar la verja de entrada. De vez en cuando yo le recuerdo que no es el portero, intento que vuelva a la realidad. Pero no hay forma. Él quiere verse como el guardián de las almas de los que fueron sus amigos; él quiere estar siempre muy cerca de aquellos a los que cree que, en cierto modo, traicionó. Es una historia muy lejana en el tiempo...

Ha hecho una breve pausa para contemplar el mar, y luego se ha sacado del bolsillo de su americana unos viejos papeles.

—Me has preguntado de qué hay que preservar a Victoria. Pues bien, en primer lugar, y tal como te digo, de la versión enloquecida de Uli, una visión histérica y mentirosa, cargada de profundo remordimiento por no haberse quitado la vida en su momento. Pero también hay que preservar a Victoria de cosas como este viejo documento, por ejemplo.

Me ha entregado unas amarillentas hojas cosidas con hilo blanco, y en las que había sido escrito en tinta roja este encabezamiento: «Informe confidencial sobre el aroma suicida, sereno y clásico, que envolvió la desaparición del 3».

—Basta que leas los primeros párrafos —ha dicho—, y ya te harás una idea de por dónde van los tiros.

—Es de la incumbencia de todos los socios... —he comenzado a leer en voz alta.

—No —me ha interrumpido Catón con mirada asustada—. Por favor, más bajo, algo más bajo, por favor.

—Es de la incumbencia —he leído en voz más baja, casi susurrante— de todos los socios de nuestra entidad saber que cuando la carta del número 3 de los Notables llegó a la sede central de esta Sociedad de Simpatizantes de la Noche del Iris Negro de Port del Vent que tengo el gran honor de co-presidir, no tardamos en reunirnos los Notables restantes para ver qué hacíamos para satisfacer plenamente y con la mayor prontitud posible los deseos de este amigo que, antes de convertirse en el asesino de sí mismo, deseaba que sus íntimos acudiéramos a visitarle a su casa y, hablando toda la noche de filosofía, le acompañáramos en las horas anteriores a las de ese gesto valiente y final con el que deseaba ser fiel a la máxima de nuestra Sociedad, es decir, desaparecer digna y serenamente tras una gran fiesta del espíritu y tras un vibrante homenaje a la amistad y al amor a la filosofía, a la manera de un

Catón o de un Séneca, cuyas muertes son, todavía en nuestros días, el más perfecto ejemplo y modelo del suicidio clásico y sereno, profundamente mediterráneo...

—Lo que sigue —me ha interrumpido Catón— es una larga crónica de la festiva reunión de los Notables en la casa del padre de Victoria que, como ya habrás imaginado, era ese número 3 del que habla el documento. Él fue el primero de la Sociedad de la Noche del Iris Negro en diseñar los límites de su existencia y también decidir que ya tenía bastante de este mundo. Precisamente él, que a todos nos calmaba cuando empezaba a rondarnos la idea de quitarnos la vida. «No tengáis prisa —solía decirnos—, sin la posibilidad del suicidio ya me habría matado hace mucho tiempo. El suicidio es un acto afirmativo, lo podéis hacer cuando queráis, ¿qué prisa tenéis? Calmaos. Lo que hace soportable la vida es la idea de que podemos elegir cuándo escapar.» Y sin embargo tuvo que ser él precisamente el primero en cansarse de este mundo. Un día, nos llamó a todos y nos comunicó que ya tenía bastante con lo que había vivido y que deseaba poner punto final a todo en compañía de sus amigos.

—Pero no me parece que hiciera honor a la regla más elemental de la Sociedad —he dicho.

—¿A qué te refieres?

—Pues a que saltar al vacío no es un acto excesivamente sereno.

—Lo es. —Catón se ha mostrado tajante—. O al menos en su caso lo fue. Eligió el salto desde el campanario porque dijo que contenía una especie de rebelión hacia nuestra condición humana, tan privada de la posibilidad del vuelo. Dijo que era un acto maravilloso arrojarse al vacío porque tendía al espacio, a las grandes dimensiones, al horizonte. Una noble forma de muerte que podía practicarse con toda serenidad después de una reflexiva velada con los amigos. Eso dijo.

No he sabido qué decirle. Me he quedado mirando al mar mientras Catón reflexionaba.

—Nos convocó a su casa —ha proseguido, al cabo de un rato—. La velada fue inolvidable y también muy alegre, porque la serenidad —me ha mirado fijamente a los ojos y casi me ha dado miedo— no está precisamente reñida con la alegría. Ahí tienes, si te interesa, una detallada, tal vez excesivamente minuciosa, descripción de lo que fue esa noche en la que se bebió, en prudentes y lentos sorbos, tibio aguardiente de manzana, hasta el amanecer. Se habló de la vida y de la muerte, se habló de todo. Después, con las primeras luces del alba, se despidió de nosotros y, vistiéndose de monje, se dirigió él solo hacia la plaza del pueblo para hacer de extra en el rodaje de esa última película que se rodó en Port del Vent. Una vez en lo alto de la iglesia, simuló que tropezaba con un andamio, y voló. Voló y voló. Se lanzó al vacío eterno. Y su gran vuelo cerró aquella primera gran noche del Iris Negro, la primera de una serie de veladas que acababan todas con el suicidio de alguno de nosotros como colofón. Recuerdo muy especialmente la noche en que se mató Bonet, el bueno de Bonet. Levantó su copa y, al brindar con todos nosotros, dijo dos frases que no dudamos en adoptar como emblemáticas: «Murió con dignidad. Su sombra cruza». Todavía hoy, decir esto me conmueve, porque me trae el recuerdo de unas noches que no volverán.

—Las noches del Iris Negro —he dicho sintiéndome ya casi cómplice de Catón. Creo que él lo ha notado, porque ha proseguido con mayor fuerza en sus palabras:

—Sucedió que Durán, el médico, se especializó en maquillar las muertes; facilitaba veneno a quienes lo pedían, y él mismo lo inyectaba. Después, certificaba las muertes hablando de colapsos respiratorios, infartos y otras zarandajas. De este modo, nadie en el pueblo podía sospechar de la existencia de nuestra Sociedad, aunque surgió una superstición entre las mujeres de Port del Vent, la de que los hombres de este pueblo solían morir cuando se reunían con los amigos. Todavía hoy quedan vestigios de esa superstición...

—¿Y cómo fue extinguiéndose la Sociedad? —he preguntado.

—Pues paradójicamente, por muerte natural. Un suicidio cada dos años acabó reduciendo a la Sociedad a su más mínima expresión. Y eso que Durán imitaba al padre de Victoria y nos decía a menudo que nos calmáramos, que lo importante era saber que el suicidio era la única libertad auténtica que tenemos en la vida. Pero un día, Durán entendió que también para él había llegado su hora. Empezó a quedarse ciego y nos envió una carta con un escueto texto: «Me estoy quedando ciego. Me mato». Rindió homenaje al primer suicidio del Iris Negro y se arrojó al vacío desde lo alto de la iglesia. Tras su muerte, ya sólo quedábamos tres, únicamente tres simpatizantes de la Sociedad. Eceiza, mi hermano Uli y yo. Al día siguiente, Eceiza fue a confesarse con el cura del pueblo y, mientras lo hacía, se reventó la tapa de los sesos. Naturalmente, lo enterraron extramuros. Y ese día, mientras lo enterrábamos, yo consideré que la historia de la Sociedad, tras más de diez años de existencia, había llegado a su fin. Uli y yo éramos una pareja de hermanos y también una pareja de cobardes. Y en cualquier caso, una pareja no es nunca una Sociedad. Todo había terminado. Uli y yo tan sólo éramos dos hermanos asustados. Los dos sin el valor de poner punto final a nuestras vidas y, al mismo tiempo, sin la fuerza de seguir adelante. Maniatados por el miedo y por la vida. Uli, loco e histérico por su incapacidad de ser fiel a la premisa de morir con dignidad. Y yo, ya ves, un pobre hombre que sabe que no es nadie y que, por tanto, ni siquiera suicidándose podría conocer el destino y la grandeza.

Creo que no se ha dado cuenta de que la Noche del Iris Negro podía estar resurgiendo en aquel momento de sus cenizas.

—Que sea todo un secreto entre los dos —me ha dicho—. No se te ocurra contarlo por ahí. A Victoria menos, le harías daño. De todos modos, si lo haces, yo lo desmentiré. Estoy acostumbrado. He vivido siempre bajo la sospecha, ya que Uli nunca se reprimió a la hora de contar la historia a todo el mundo. Pero Uli está loco y me creen a mí, que he desmentido esa historia cientos de veces. Y volveré a hacerlo si es necesario. Si tratas de propagarla por ahí, diré que fue Uli quien te la contó.

—No temas. Será un secreto entre los dos —le he dicho.

Ha respirado tranquilo.

—Entre tú y yo —he añadido—. O mejor dicho, un secreto entre los tres, entre Uli, tú y yo. La Sociedad del Iris Negro revive, vuelve a existir.

Se ha quedado mirándome entre incrédulo y aterrado.

—Con dignidad murió. Su sombra cruza —he dicho a modo de juramento.

No me ha sorprendido hablar así. Lo veía venir. Ya sólo llegar a Port del Vent tuve la oscura sensación de que llegar a este pueblo significaba abrazar una orden, integrarse, aceptar también algo así como la delegación de una continuidad, como si llegar a Port del Vent implicara que uno no puede ser indigno de quienes antes estuvieron aquí. Tienes que ser como ellos. Ahora (parece decirte el pueblo) te toca a ti.

Alguien ha llamado a nuestra puerta a las once de la noche. Al abrir, nos hemos encontrado con unos penetrantes ojos azules tras el marco dorado de unas gafas, unos cabellos muy cortos y canos sobre unas cejas tupidas y una cara muy surcada: ante nosotros estaba Uli.

—Sólo una cosa —nos ha dicho.

No le hemos dejado entrar. Parecía muy fuera de sí. Pero sólo lo parecía. Porque cuando ha hablado lo ha hecho con total normalidad. El hombre más cuerdo del mundo.

—Sólo una cosa quiero deciros. —Se ha dirigido a Victoria—. Tu padre se quitó la vida, estaba harto de todo, yo lo sé, y se arrojó al vacío. Nada de tropezones en el campanario. Se mató. Así de sencillo. En los últimos meses se hacía llamar Eceiza y nos decía que estaba profundizando en el insondable misterio del eterno retorno. Yo creo que no hacía más que pensar en cómo quitarse la vida. Yo jugaba mucho con él a la petanca. No está enterrado en la tumba que os ha enseñado mi miserable y mentiroso hermano, sino en la que se encuentra fuera del cementerio. Sólo quería deciros eso. Y ahora: adiós.

Llevaba una botella de Johnny Walker etiqueta negra en la mano derecha y tres vasos de plástico en la izquierda. Sin duda, nos ha visitado con la idea de pasar un largo rato con nosotros, pero por el motivo que sea ha optado por no quedarse. Supongo que habrá influido nuestra descortesía, el hecho de que no le dejáramos pasar del umbral y que le tomáramos por un loco. ¿Lo es? ¿Se trata de un loco? Poco importa. Locura y cordura se confunden en una sola figura, al igual que la verdad y la mentira, aquí en Port del Vent.

Y diciéndome todo esto, me he decidido a contarle a Victoria todo lo que Catón me ha dicho esta tarde acerca de las noches del Iris Negro y al contárselo he añadido —supongo que por puro capricho y también por simpatía hacia Uli, que anda tan cojo como ando yo— una sombra de posible mentira a la posible verdad, y le he dicho a Victoria que Uli tiene toda la razón cuando asegura que su padre se hacía llamar Eceiza y es el que está enterrado extramuros.

—Lo sé de buena tinta —le he dicho a Victoria.

—Bueno, salgamos —ha sido la respuesta de ella, como si a estas alturas de la vida le resultara indiferente saber dónde está la luz y dónde la sombra.

Y hemos salido, sabiendo que no vamos a ninguna parte. Y ahora vamos caminando por la playa. Llueve sobre Port del Vent. Llueve en el mar con un murmullo lento, y oigo la brisa que gime dolorosamente. Y me digo que estoy bien aquí, atrapado en este pueblo junto al mar. Me gusta mucho estar cerca de este mar, nunca debí alejarme tanto de él. Siento ante el oleaje una sensación de libertad sólo comparable a la que percibo ahora al notar que Victoria y yo andamos en la buena compañía de quienes supieron afrontar la muerte con serenidad antigua. A éstos, hace unos instantes, los hemos llevado silenciosamente a nuestro interior y hemos llenado sus vacíos con nuestra propia sustancia, y hemos pasado a ser ellos. Y yo voy andando por la playa de Port del Vent bajo la lluvia, y me digo todo esto y escucho y contemplo el oleaje y me digo que sí, que toda la noche cabe en una mirada de color iris negro, en una sola y quieta mirada de sosiego. Ahora (parece que diga el pueblo) te toca a ti.

LA HORA DE LOS CANSADOS*

A Mercedes Monmany

Apenas son las seis y ya oscurece cuando me detengo a contemplar la súbita irrupción en las Ramblas de los pasajeros de
metro que se han apeado en la estación de Liceo. Se trata
de un espectáculo que nunca me defrauda. Hoy, por ejemplo,
día de Jueves Santo, surge de entre la multitud un tenebroso
viejo que, pese a tener un aspecto cadavérico y transportar un
pesado maletín, anda con sorprendente agilidad. Adelanta
con pasmosa rapidez a una hilera entera de adormecidos
usuarios del metro, se planta muy decidido ante un cartel del
Liceo, y allí, muy serio y estudioso, pasa revista al reparto de
una ópera de Verdi, adoptando casi de inmediato un gesto
de inmensa contrariedad, como si el elenco de estrellas le hubiera decepcionado amplia y profundamente. Este hombre,
me digo, este cadáver ambulante tiene algo que me inquieta,
que me intriga.

Decido seguirlo. Y muy pronto veo que no va a ser nada
fácil hacerlo. Será porque mi jornada de trabajo ha sido larga
y dura y a estas horas me siento ya muy cansado, pero lo cierto es que, aunque tengo cuarenta años y él me dobla la edad,

---

* Publicado con anterioridad en *Cuentos barceloneses*, Barcelona, Ica-
ria, 1989.

anda el viejo tan rápido que, cuando enfila la calle Boquería, por poco le pierdo de vista. Acelero el paso y, por unos instantes, noto cierto desfallecimiento y me digo que voy a desplomarme sobre el asfalto. Luego comprendo que no hay ni mucho menos para tanto, después de todo aún soy joven, lo que sucede es que siempre me imagino al borde del desfallecimiento porque, en mayor o menor medida, siempre ando cansado, cansado de esta lamentable ciudad, cansado del mundo y de la estupidez humana, cansado de tanta injusticia. A veces intento superar ese estado y me reto a mí mismo, me impongo desafíos como este de persistir, sin objetivo alguno, en la persecución de un viejo nada cansado.

De repente mi perseguido, como si quisiera darme un respiro, se detiene frente al escaparate de una tienda de objetos religiosos. Yo avanzo con calma, pegado a la pared, pegado a los escaparates, ahora sin prisas. Le alcanzo, me sitúo a su lado, veo que está espiando el interior de la tienda, donde un negro está comprando una estatuilla del Niño Jesús de Praga. Voy a decirle algo al viejo cuando el negro sale disparado hacia la calle, muy feliz con su compra, y el viejo gira en redondo y le sigue.

Al negro se le ve muy feliz, pero a los veinte pasos se convierte en un hombre repentinamente cansado. Va frenando su marcha hasta acabar andando muy despacio, casi arrastrando los pies, como si la compra le hubiera dejado extenuado, o como si le hubiera llegado de pronto esa sensación de estar en una hora en la que uno se siente ya irremediablemente cansado. Detrás de él, el viejo también reduce su marcha. Y sólo ahora me doy cuenta de que mi perseguido debe de llevar rato persiguiendo al negro, quien no parece que sospeche nada y a buen seguro se llevaría una sorpresa si descubriera la espontánea procesión que se ha organizado detrás de él.

Los tres, muy fatigados, como si nos hubiéramos contagiado mutuamente de cierto cansancio, enfilamos la calle de Banys Nous a un ritmo muy parsimonioso. El negro es un individuo corpulento y muy elegante, de unos cincuenta años, con aspecto de boxeador tierno y cansado. Es ya del todo evidente que no sospecha nada, porque de pronto se detiene, muy confiado, a contemplar su flamante adquisición. La eleva por encima de los hombros, como si quisiera consagrarla en un altar imaginario. Detrás de él, y para no adelantarle, el viejo se ha detenido en seco, y yo imito esa inmovilidad. Componemos una curiosa procesión de Jueves Santo. Se suceden luego unos raros e interminables minutos hasta que por fin el negro reemprende su lenta marcha y, tras otros minutos que parecen eternos, acaba entrando en un bar, donde pide una cerveza y luego otra y después otra. De vez en cuando se ríe a solas y muestra horribles dientes de caníbal. Al otro lado de la barra, el viejo no pierde detalle de la ceremonia etílica, mientras yo, justo al lado del viejo, no pierdo detalle de su obsceno espionaje. Nos demoramos tanto los tres en los gestos que el camarero pierde la paciencia y se revela como un perfecto alérgico a cualquier tipo de manifestación de profundo cansancio y, sabiendo que nos hallamos en pleno crepúsculo, es decir, en esa hora en que hasta las sombras se fatigan, se pone a trabajar como un loco mientras nos envía terribles miradas de odio. Si pudiera, este camarero nos fusilaría sin la menor contemplación. Y yo me pongo en pie de guerra y me digo que ya va siendo hora de que todos los cansados de este mundo unamos nuestras fuerzas para acabar, de una vez por todas, con tanta injusticia y estupidez.

Mientras me digo todo esto, el viejo se dedica a buscar algo en su maletín. Por el tictaqueo que detecto, imagino que debe de tratarse de un reloj despertador. Pero tal vez, por qué no, podría tratarse de una bomba. Si lo es, yo no la veo. Lo que extrae de su maletín es otra cosa. Ni reloj ni bomba. Se trata de una carpeta roja, con una gran etiqueta en la que puede leerse: «Informe 1.763. Averiguaciones sobre las vidas de los otros. Historias que no son mías». En el interior de la carpeta hay multitud de folios, repletos de anotaciones hechas a lápiz o bolígrafo. El viejo anota apresuradamente algo en los papeles, y poco después cierra la carpeta, la introduce en el maletín, mira al techo, y silba una habanera. Bonita manera de disimular, me digo por decirme algo, pues en realidad no acierto a descifrar en qué consiste exactamente la actividad del viejo. Doy vueltas al asunto, y acabo preguntándome si tal vez no será un indagador, un perseguidor de vidas ajenas, una especie de ocioso detective, un cuentista.

Entretanto, el negro paga sus consumiciones y, con su más que premioso paso, se dirige hacia la salida. Cuando finalmente alcanza la calle, el viejo paga su café, pago yo el mío, y me digo que vamos a volver a las andadas, a la lenta y pausada procesión. Pero no. Llegamos a la Baixada de Santa Eulalia, y el negro da señales de haber recuperado fuerzas. Las cervezas han obrado el milagro, y la procesión se anima. Se diría que el negro lleva alas, porque va por la Baixada como si quisiera batir el récord del mundo. Al viejo se le ve encantado de poder practicar de nuevo su deporte favorito. Y yo, qué remedio, me lanzo también a tumba abierta por la Baixada. Aunque sé que a semejante velocidad no puede uno permitirse el lujo de pensar en otras cosas, me da por reflexionar en torno a la hora en la que estamos, en torno al siempre misterioso crepúsculo, esa hora vasta, solemne, grande como el espacio: una hora inmóvil que no está señalada en el cuadrante, y sin embargo es ligera como un suspiro, rápida como una mirada, la hora de los cansados.

Me estrello contra un muro, a cien metros de la catedral. El golpe que me doy es de campeonato, y lo que más me molesta en todo esto es que el negro y el viejo, ajenos al accidente, prosiguen su desenfrenada carrera. Rechazo tanto los primeros auxilios de ímprobos ciudadanos como la perversa extremaunción de un cura con sotana y, poniéndome en pie con mucha rabia, reanudo como puedo la persecución, dejando tras mis pasos un patético reguero, pequeñas gotas de sangre, el precio de mi locura, de mi insensata incursión en vidas ajenas, en historias que no son mías.

Cerca de una de las puertas laterales de la catedral, localizo a perseguido y perseguidor. Me calmo al recuperar la tercera plaza en la singular procesión, pero no es una calma total, ya que del golpe contra el muro me queda un dolor que va ganando en intensidad, y no puede decirse que vea las estrellas, pero sí en cambio un globo de luz, una araña de mil fuegos. Medio cegado por esa luz, veo que el viejo se detiene frente a una de las puertas laterales, saca del maletín un espectacular llavero y entra en lo que debe de ser la sacristía de la catedral. Todo sucede muy rápido. Y, tras un sonoro portazo, el viejo desaparece de mi vista sin ni tan siquiera dedicarme una mirada de disculpa por haberme arruinado la diversión. Sin ni tan siquiera un adiós, una mirada de desprecio o de compasión. Nada. Desaparece como el rayo, y me deja a mí persiguiendo al negro. Me digo que tal vez he andado equivocado, que el viejo en realidad no perseguía a nadie, tal vez sólo andaba transportando una bomba que hará que vuele por los aires la catedral.

Pero ¿qué hago persiguiendo al negro? Le veo entrar en la catedral y arrodillarse ante el Cristo de Lepanto. Me digo que ya está bien por hoy. Me encuentro sumamente cansado. Pienso en mi mujer, mi difunta mujer, y evoco los días aquellos en que nos citábamos frente a este Cristo. También los cansados tenemos corazón, también los cansados nos enamoramos alguna vez. Yo la quise mucho. Me viene al recuerdo una noche de verano, bailando los dos en una terraza colgante, apretándola yo a ella contra mi cuerpo cansado, pensando que jamás podría desprenderme del olor de su piel y sus cabellos. Y recuerdo que los músicos tocaban *Stormy Weather*. Qué días aquellos. Y luego, las citas frente a este Cristo, y las promesas de no separarse nunca. También los cansados somos unos sentimentales.

En un acto casi reflejo, reliquia del pasado, me santiguo,

pienso en la batalla de Lepanto, me estremezco, oigo el estruendo de los cañones, pienso en la bomba que transportaba el viejo y en que será mejor que abandone pronto el templo, me apoyo en una columna, decido dar media vuelta y olvidarme del negro, giro en redondo y, con mis cansinos pasos, salgo a la plaza de la catedral, voy en busca del rastro de mi propia sangre, comienzo a desandar el camino, marcho hacia las Ramblas que nunca debí dejar. Ando fumando. Tras cada bocanada, atravieso mi humo y estoy donde no estaba, donde antes soplaba. Y de pronto noto a mis espaldas una respiración ronca, y poco después recibo un golpe seco en la nuca. Me giro asustado, y veo al negro que me dedica su mejor sonrisa de caníbal y me pregunta por qué ando siguiéndole. No salgo de mi asombro. Le digo que más bien es él quien lo hace. Deja de reír y me mira desafiante, parece muy enojado, me da unos segundos para que le dé una respuesta satisfactoria. Veo muy claro que, si no invento rápidamente algo, puedo morir devorado.

Providencialmente, me acuerdo de la carpeta del viejo. Le digo que soy un perseguidor de vidas ajenas, una especie de ocioso detective, un cuentista. Le digo que vivo fuera de mí. Le explico que me gusta mucho el aire libre así como tener los ojos bien abiertos. Le cuento que sigo a la gente para indagar cosas acerca de ella, cosas que luego introduzco en mis cuentos. Coloca sobre mi hombro una mano inmensa y amenazante y me pregunta cómo se llama el cuento en el que estoy trabajando. Le digo lo primero que se me ocurre: Yo vendo unos ojos negros. Me mira con absoluto recelo, y luego me dice que él no quiere ser el personaje de ningún cuento. Me muestra su puño y me asegura que es más grande que el de Cassius Clay. No, no, y no, creo que dice. No quiero salir en ese cuento. Le digo que estoy muy fatigado, que he decidido no incluirle en el cuento y que, por favor, deje seguir su camino a un pobre hombre cansado. Sorprendentemente, su rostro pierde toda ferocidad. La palabra «cansado» parece haber obrado el milagro. Vuelve a ser el boxeador tierno y fatigado que vi en la calle de Banys Nous. Me dice que se llama Romeo y que si puede acompañarme hacia las Ramblas. Respiro de alivio, y le digo que por supuesto y que le contaré por el camino la historia de un viejo sacristán cansado y anarquista al que hoy he seguido. Andamos apoyándonos el uno en el otro, terriblemente extenuados. Es ya totalmente de noche, y suenan a lo lejos las campanadas de las siete. Me está diciendo que quiere regalarme el Niño Jesús de Praga cuando, al enfilar la Baixada de Santa Eulalia, oímos una fuerte explosión. El gas, dice Romeo. La más que probable bomba de un viejo kamikaze, le aclaro yo. Se pone aún más tierno y sentimental el negro cuando le digo que está volando por los aires la catedral.

UN INVENTO MUY PRÁCTICO

Fuiste una pésima vecina aquel verano en Alicante, y ahora no me vengas con cuentos tratando de cambiar las cosas, que yo tengo memoria. Ya no hay (me dices) casas como las de antes, casas que sean silenciosas. Tú sabrás qué mosca te ha picado. No comprendo por qué me hablas de esto, pero en cualquier caso tienes toda la razón, querida Susana, toda la razón. Con todo eso del cemento armado y los ladrillos huecos, las casas ya no están preservadas como antes del calor y los ruidos, y todo se ha vuelto ligeramente horrible.

Aciertas también cuando dices que últimamente las cosas no han podido empeorar más. Y yo añadiría: sobre todo después de la muerte de mi querido Mario. Bueno, mejor será decir nuestro querido Mario. Después de todo, a él lo compartimos las dos, pronto hará cincuenta años, aquel verano —que a mí se me hizo interminable— en Alicante, del que conservo intacto el recuerdo de tu impertinente intromisión en mi vida de pareja. Pero cómo (debes de decirte ahora) todavía te acuerdas de eso. Pues sí, me acuerdo perfectamente. Cincuenta años no son nada. Al menos para mí. Para ti no sé. Yo me siento cerca de la vejez, pero tú debes de estar hecha una piltrafa. Para ti esos cincuenta años no deben de haber pasado en balde. Se nota por el pulso tembloroso de tu letra. Debes de estar hecha añicos, fatal. Para ti debe de ser terrible mirarse al espejo y preguntarse qué ha sido de aquellos hombros tuyos tan redondos y menudos, de los largos brazos, de las manos finas. Para ti debe de ser terrible preguntarse qué ha sido de aquella frente tuya tan perfecta, de tus cabellos rubios, de la mirada misteriosa que enamoraba a todos los hombres.

Nuestro querido Mario. No estoy muy convencida de que al final de su vida te quisiera mucho. En su agonía preguntó por ti. Eso es cierto, te han informado bien. Pero debo decirte que al preguntar por ti te confundía con una patata hervida. Ya ves, así son los hombres, así recuerdan a sus viejas amantes, a las pelmazas que les acosaron en otra época, así las recuerdan cuando están a las puertas de la muerte, es decir, en la hora de la verdad. Porque no sé si sabes que la muerte es la verdad del amor, del mismo modo que el amor es la verdad de la muerte.

Te escribo con la esperanza de que te arrojes pronto por la ventana de tu casa. Ésa es —creo yo— la única frase que deberías haberme escrito, querida, deberías haberte atrevido a ser sincera y en lugar de preguntarme cómo lo he pasado en el manicomio o de enviarme sudorosas frases hechas junto a tu condolencia tan afectada por la muerte de Mario y todas esas cínicas palabras de apoyo, en lugar de todo eso deberías haberme escrito: Me gustaría que te suicidaras pronto, Mary, me gustaría verte ya muerta, y si eso no es posible me gustaría verte completamente loca y encerrada para siempre en ese manicomio del que has logrado salir no sé cómo.

En lugar de todo eso me escribes frases convencionales e hipócritas. Me dices: Perdona que haya tardado tanto en enterarme de la muerte de Mario y de tus problemas psiquiátricos. Te perdono, querida, porque viviendo tan lejos, al otro lado del charco (y me dicen que encharcada de ron, por cierto), en esa casa horrible de Habana Vieja, no es extraño que hayas tardado en enterarte y regocijarte con la historia de mi locura. Me dices: Debiste de quedarte tan sola a la muerte de Mario... Pues claro, querida mala vecina, ¿y cómo querías que me quedara?

Me quedé tan sola que de repente los ruidos que me llegaban del piso de arriba y del de abajo empezaron a obsesionarme seriamente: zapatos de tacón alto y fantasías acuáticas, entre otros horrores, en la séptima planta; gritos y peleas entre padre e hijo, gran dramatismo, en el quinto piso. Todo eso fue sumiéndome en una especie de desesperación maniática que me llevó a intentar catalogar las diferentes modalidades de ruidos de los vecinos.

¿Secuelas tal vez de tu mala vecindad de aquel verano en Alicante? No sé, lo cierto es que me entró una desesperación maniática. Tras setenta años de vida respetando como nadie a los otros, tratando siempre, aunque fuera tan sólo por educación, de no molestarles para nada y, en definitiva, perdiendo la vida por delicadeza, me empezó a parecer tremendamente injusto que el premio a mi intachable conducta y discreción fueran esas continuas molestias de los vecinos, una gente muy vulgar, que parece empeñada en que registre los ecos de sus mediocres y estúpidas vidas.

Pensé que era muy penoso que todo eso me sucediera a mí, precisamente a mí que jamás quise molestar a nadie y que siempre he tratado de cruzar por este mundo con paso danzarín y leve, de puntillas por la vida. Y quise matarme, en efecto, no te equivocas. Te han informado bien, querida esponja de ron, quise matarme arrojándome desde un primer piso. Es cómico, qué le vamos a hacer. Descendí del sexto al primer piso del inmueble, porque no tenía valor para volar desde más alto. Temía el golpe brutal contra el asfalto, para qué nos vamos a engañar. En fin, me fracturé un tobillo y la tibia y no sé cuántas cosas más, pero sobreviví. Cuando me hube recuperado del vuelo desquiciado y regresé a casa, la desesperación maniática por los ruidos de los vecinos fue en aumento. Pensé, reflexioné: «Como las cosas sigan así, pronto me voy a tirar del segundo piso, y luego, tras la inevitable visita al hospital y posterior reingreso en casa, me arrojaré desde el tercero, y luego desde el cuarto, y en fin, si no hago algo, si no invento pronto alguna cosa, acabaré muy mal, francamente mal».

Fue entonces cuando me informaron de que a mi mejor amiga, Rita Rovira (creo que la conoces bien, porque jugaba a tenis conmigo en aquellos días, tan felices para ti, en Alicante), la habían encerrado misteriosamente en un sanatorio mental. Eso me impresionó mucho. Y de repente, una noche, tuve una oscura intuición, una revelación dentro de un sueño, y algo me dijo que en ese sanatorio tal vez podría yo encontrar, no sólo la compañía que me hacía falta (estaba segura de que por muy loca que estuviera Rita, me haría una gran compañía), sino también la fórmula mágica que podía hacerme soportable la vida.

Creí a ciegas en mi oscura intuición, y por eso ingresé en el manicomio. No por otra cosa, querida, porque yo no estoy, ni lo estuve nunca, loca. Ni he tenido —lo siento, ya sé que tu fantasía te había proporcionado esa ilusión— problemas psiquiátricos. Lo siento mucho, de verdad. Y ahora, querida Susana, deja que tu fantasía sirva para otras cosas y dibuje la ventana iluminada de un despacho del sanatorio que parece también una fantasía, puedes acercarte a los cristales empañados y espiar a través de unos viejos visillos. Ahí estoy yo en la tarde de mi ingreso en el sanatorio, sentada frente al doctor Camps, un ingenuo médico freudiano —muy fiel al dogma del gran jefe vienés— que me inspecciona atentamente con su pretendida mirada de perspicacia. «Cuénteme usted su primer recuerdo», me dice el hombre tratando de analizarme. Sin duda está convencido de esa teoría que dice que, por lo general, aquel recuerdo que el analizado sitúa en primer término, el que primero relata, demuestra luego ser el más importante, aquel que encierra en sí la llave de los comportamientos secretos de su vida anímica.

«A ver, cuénteme su primer recuerdo», me repite, y se le nota que aún no ha acabado de superar la sorpresa de que una anciana como yo haya acudido por cuenta propia a este centro para internarse. Sin duda, está acostumbrado a las familias que recluyen en el manicomio a su deudo para preservar su herencia, y de ahí su gran sorpresa y que ahora —podrás verlo mejor, querida Susana, si te acercas algo más a los cristales empañados— trate de averiguar, a través de mi primer recuerdo, si estoy algo loca o tan sólo finjo estarlo.

Encantada (le dije), porque quien canta su mal espanta. Mire usted, doctor Freud, mi primer recuerdo es la cúpula de cristal, extraordinariamente bella, de un teatro que ya no existe. Sin embargo, ese primer recuerdo de mi vida se halla estrechamente ligado al horror porque, inmediatamente después de descubrir la maravillosa cúpula, mi vista tropezó con algo también muy gigantesco —casi tan grande como la cúpula— y en este caso sencillamente espantoso. Una boca. Una boca inmensa, que se diría diseñada por el doctor que inventó aquel monstruo, me refiero al doctor Frankenstein. Una boca, doctor Freud. Una boca inmensa que pertenecía a un artista que había salido a escena vestido con un frac negro y que llevaba un sombrero de copa entre las manos enguantadas de blanco. Es Barrymore, dijo mi padre. Era un mago y al mismo tiempo un cantante cuya boca, por sus colosales dimensiones, me dejó aterrada; cantaba mientras sacaba de su chistera todo tipo de pañuelos de seda y extraños conejos y, al final, en un raro frenesí, sacó enormes máscaras pintadas, rosadas y mofletudas, que aumentaron aún más la atmósfera, tan brillante como artificial, de puro pánico para las niñas como yo.

Esa boca (continué diciéndole al doctor Freud) me dejó aterrada y me dejó muy niña para toda la vida, hasta el punto de que todavía hoy cuando alguien, por ejemplo, bosteza, siempre siento la sensación de que voy a desplomarme de puro miedo. Tal es la horrenda huella fascinante que en mí dejó aquella boca de mago y de cantante que tanto ha marcado mi existencia y me ha convertido en la señora que tiene usted ahora delante: una mujer que pasa revista a su vida y descubre, no sin cierta melancolía, que la ha perdido por delicadeza, por no querer molestar a nadie y empeñarse en cruzar por este mundo con paso danzarín y leve, con extrema ligereza; sin querer molestar a nadie porque bastante complicada ya de por sí es la vida como para que andemos intentando complicársela a los demás; sin querer molestar a nadie y sin poder evitar que me molestaran a mí, porque muy pronto surgió un pretendiente que a todas horas me decía algo así como bajo el peso del amor me hundo: un pretendiente, pues, a todas luces muy pesado y al que yo correspondía con mi andar leve y mirada de suave indiferencia, hasta que para no molestarle más acabé aceptándole como marido (pensé: si no es él será otro, qué más da); sin querer molestar a nadie, y por eso acaté la orden fulminante de tener un hijo, la acaté porque no quería molestar a nadie, y menos a mi marido, y lo que sucedió fue que ese hijo, que en paz descanse el maldito, me molestó mucho a mí; sin querer molestar a nadie por temor a comunicar a la humanidad entera el horror de aquella boca monstruosa de Barrymore, el inventor de máscaras, y cuya boca yo asociaba con el profundo tedio que domina nuestra vida en este mundo de frac y de bostezo.

Todo eso le dije al doctor Freud (que no paraba de tomar notas), y con mis últimas palabras (me refiero a esa asociación delirante entre frac y bostezo) intenté compensar el excesivo efecto de cordura causado por la severa confesión de que había perdido mi vida por delicadeza. Desvarié un poco al final a propósito, para que el doctor pensara: Esta mujer ha hablado con total sensatez, y por tanto de loca no tiene nada; sin embargo, a última hora su relato se ha rasgado de forma alarmante y ha entrado con cierto desvarío en las aguas pantanosas del frac y del bostezo, una asociación algo delirante, lo que me lleva a pensar que de vez en cuando la razón de esa anciana se ofusca gravemente o, dicho de otra forma, con esta mujer, al igual que con todas las mujeres, nunca se sabe, pero es que nunca, porque mira que hace rato que la estudio y la analizo y aún no me he aclarado.

Me convenía que el doctor pensara cosas de este estilo, porque me interesaba quedarme en el sanatorio pero no haciendo de loca todo el rato, que es cosa incómoda además de pesada y difícil. De modo que opté por una fórmula intermedia, es decir, comportarme como una mujer sensata que, a veces y como todo el mundo, se extraviaba. Confié en que de este modo, mezclando locura y sensatez, lograría mantener al doctor en vilo, oscilando siempre entre un diagnóstico incierto, lo que me permitiría ganar tiempo, poder quedarme en el sanatorio y localizar a mi amiga Rita Rovira, que era lo que me interesaba.

Aquella misma tarde localicé a Rita. De mi primer recuerdo yo había ocultado algo muy importante al doctor. Nada le había dicho de la presencia de mi amiga Rita en aquel teatro bajo cuya cúpula vimos aparecer la monstruosidad. Y es que ese día —y habría muchos más en la vida— Rita estaba sentada junto a mí, sonriéndome bajo esa cúpula gigantesca por la que se filtraba una luz otoñal que convertía en todavía más horrorosa la boca del inventor de máscaras. Ya en ese día tan temprano de mi vida, Rita estaba a mi lado, compañera inseparable, compañera incluso de mi primer recuerdo. La recuerdo muy bien a mi lado, repitiendo las palabras de mi padre: Es Barrymore, dijo también ella, aquel día, a modo de suave eco femenino.

La verdad es que Rita siempre ha estado, de alguna manera, conmigo —aunque se encontrara en su casa de Malibú y yo estuviera, como de costumbre, en la de Madrid o, si era verano, junto al mar en Alicante—, siempre a mi lado sin la menor tregua a lo largo de toda esta aburrida vida en este mundo de horrible vecindario y gran bostezo.

Rita se parece a ti en algunas cosas. También en su caso, al igual que me sucede contigo, la perplejidad mezclada con cierta admiración han sido en mí los motores principales de nuestra unión, de esa unión tan grande como esa boca de Barrymore de la que tantas veces ella y yo nos hemos acordado.

Sí, perplejidad y admiración. Lo mismo que contigo me sucede. Pues mientras yo no he sentido más que absoluta indiferencia por el mundo y lo he encontrado siempre muy plúmbeo y me he limitado a cruzar por él de puntillas y ocultando, antes que exhibiendo, mi profundo malestar y fastidio, Rita en cambio se ha divertido siempre —¡gran misterio!— coleccionando o robando coches deportivos, joyas hindúes y, sobre todo, robando maridos a destajo y arruinándoles con su alocada tendencia al juego y, muy especialmente, con su arrolladora —y de ahí mi secreta admiración— gran vitalidad.

Aunque nos separaran grandes distancias, tanto en el aspecto geográfico como en el del carácter —yo tan discreta y ella tan osada, yo en un gris inmueble de Madrid y ella en Malibú bailando con todo dios—, Rita siempre estuvo conmigo y éramos capaces de reconocernos en medio de una gran multitud, así que no es nada extraño que no tardara en localizarla en el sanatorio. Aquella misma tarde, como te he dicho, localicé a Rita. La vi en el patio central. Y me acordé de que en las novelas rusas los balnearios o manicomios eran lugares donde a menudo dos seres solitarios, transportados allí por la locura o la desdicha, se cruzaban en su caminata vespertina, y sus miradas se encontraban al caer la tarde y, magnetizados mutuamente, se sentaban en el mismo banco de hierro forjado e intercambiaban unas primeras frases.

Algo de todo eso sucedió cuando la vi vagar como alma en pena por el más oscuro rincón del patio del manicomio, un sombrío espacio por el que Rita paseaba, con oscura vocación de fugitiva, moviendo de vez en cuando los labios con gestos algo histéricos que parecían pequeñas rebeliones contra su encierro. Me aproximé con la intención de decirle que allí estaba yo dispuesta a salvarla. Me acerqué, y nuestras miradas se encontraron y, magnetizadas mutuamente, las dos fuimos a sentarnos en el mismo banco de piedra, y comenzamos a hablar. Pronto vi que Rita no me había reconocido, pues se comportaba como si yo fuera una completa desconocida. Pero también pronto caí en la cuenta de que allí la verdadera desconocida era ella, que estaba realmente irreconocible, y a ratos parecía bastante perturbada, sobre todo cuando hablaba en estilo telegráfico y las frases le salían incompletas y algo inciertas; demasiado breves, lo que obligaba a descifrar lo que trataba de decir.

Es Barrymore, me dijo de repente, sonriendo, como en los viejos tiempos. Eso me alivió y por un momento pensé que había ella recobrado la memoria. Pero luego me pareció que más bien era todo lo contrario. Era como si pequeños trozos o fragmentos de su memoria se estuvieran desprendiendo de su frente y pudiera asistirse al insólito espectáculo de ver cómo allí mismo, en aquellos precisos instantes, su mente se iba vaciando en público, lentamente se iba quedando en blanco, desposeída trágicamente de todo recuerdo.

Es de noche en Madrid mientras te cuento todo esto, querida robamaridos, mi muy querida Susana. Es de noche en Madrid y, mientras te escribo estas líneas, suena en mi tocadiscos el *Requiem* de Gabriel Fauré, la música ideal para irse sin molestar, para irse de este mundo sin hacer ruido, tal como pienso hacer yo algún día, no cuando tú me lo digas. ¿Oíste el *Requiem* alguna vez? Con sus líneas melódicas y dulces y sin dramatismo, con sus texturas diáfanas, tan francesas, con su orquestación de terciopelo, con adornos de metal, el *Requiem* se presenta ante mí esta noche como un réquiem para muertes tranquilas —como espero que sea algún día la mía—, para las muertes de aquellos que han vivido en paz con los hombres y consigo mismos y quieren irse de este mundo sin molestar, sin hacer el más mínimo ruido.

Es de noche en Madrid y, mientras te escribo, los vecinos del séptimo se obstinan en molestarme de mala manera. Si no vivieras tan lejos, querida, pensaría que han sido contratados por ti para que me arroje por la ventana. ¿Te gustaría mucho que lo hiciera? Estoy segura de que sí, que nada te llenaría de mayor satisfacción. Pero el *Requiem* —no contabas con él, ¿verdad, querida?— me ayuda en estos momentos.

A pesar de que los malditos vecinos del séptimo están haciendo lo imposible para que vuelva a caer en mi desesperación maniática de antes del sanatorio, yo sigo escuchando la música mientras te envío estas líneas que sólo desean comunicarte que he dado con un invento excepcional que me impide, a cualquier hora del día, caer en la desesperación maniática en la que tú desearías que cayera, querida.

Que conste que los vecinos del séptimo hacen lo que pueden. Me gustaría que me dijeras si es normal que caminen con zapatos de tacón alto por la casa o que anden todo el santo día bañándose. Dime si eso es normal. En su momento, el ruido del agua —toda su casa debe de ser una bañera, de lo contrario no me lo explico— llegó a obsesionarme seriamente. Qué gentuza, Dios mío. Te compadezco si son tus aliados. Qué gentuza este matrimonio, esta pareja con cerebro de mosquito que vive en el séptimo y es propietaria de varias carnicerías en la ciudad. Deben de tener la obsesión de la higiene, tal vez por remordimiento y porque les repugna sentirse tan manchados de sangre. Lo cierto es que han conseguido que mi oído se haya desarrollado de una forma sorprendente y que en los cambios de mi silencioso y (lo reconozco) tenso rostro, pueda yo ver en un espejo cómo hasta el último de mis sentidos se mantiene en permanente contacto con el repugnante mundo del piso de arriba, incluso con los huecos más recónditos de su carcomido parquet. Hasta el más mínimo crujido de ese suelo del piso de los carniceros acuáticos, encuentra en mí a la más atenta y diligente espía.

Dentro de poco la carnicera encontrará un motivo para entrar en la cocina. Como si lo viera. Todas las noches hace lo mismo. Se oirá un tintineo y un gotear enervantes y, fatalmente, poco después algo caerá; será seguramente una de esas enojosas bandejas de aluminio que seguirá temblando en el suelo de forma más que ridícula. Es inevitable. Cuando ella entre en la cocina, yo tendré que interrumpir esta carta y permanecer quieta, prevenida para que no me sorprenda el estrépito.

A veces despierto en la noche y veo a la pobre carnicera a la luz de la lámpara de mi cuarto, muy mojada la pobre mujer y acodada entre los almohadones, bajo la gran cabecera esculpida de mi cama, con su pequeña sombra de vecina vitalista (tiene tu propio rostro) balanceándose sobre la pared en una triste y silenciosa meditación que acaba desembocando en una patética llamada de socorro. De esta forma me tomo yo cumplida venganza de tus antiguos ruidos de vecina. De esta forma me vengo ampliamente de los enojosos sonidos que me llegan de esa gentuza de arriba a la que yo, fiel a mi obsesión y deseo de no molestar a nadie, jamás les protesto nada, me muerdo los labios, y aguanto porque sé que puedo hacerlo, porque sé que ya nunca volveré a la desesperación maniática, pues he dado con un invento muy práctico para burlarla.

Fue Rita, en la misma tarde de nuestro encuentro en el sanatorio, la que me dio la pista para llegar a tan feliz hallazgo. Comenzó a hacerlo en cuanto me habló de la extraña correspondencia que le llegaba a diario al manicomio desde hacía unos dos meses: una colección de cartas muy breves que un desconocido —al parecer, un pianista en gira por Hungría— le enviaba en pequeños sobres azules o verdes, según el color del cristal —el azul equivalía a optimismo— con que contemplara los asuntos del mundo aquel día.

En un primer momento Rita sospechó que era ella misma la que se enviaba aquellos mensajes breves, tan telegráficos —tan parecidos a su manera de hablar cuando se perdía y le salían las frases algo incompletas e inciertas—, pero tras la tercera o cuarta carta dejó ya de preocuparse por la cuestión y se dijo que lo de menos era saber si existía o no realmente ese pianista en gira. Los textos —vi algunos— eran realmente muy breves y muy revolucionarios e inspirados, aunque contenían siempre un encabezamiento tradicional, es decir, el nombre de la ciudad en la que se encontraba y la correspondiente fecha; pero los mensajes no eran nada convencionales, sino más bien raros, con frases como éstas: «Morir es un arte como todo. Yo lo hago excepcionalmente bien», «Se dice que en Rusia ya no saben lo que son los celos; yo soy ruso», «La vida es una enfermedad de la mente»...

Los últimos sobres que le habían llegado a Rita —faltaba el último de todos porque, según ella, el doctor Camps se había negado a dárselo— eran todos de un fuerte color verde, es decir, contenían mensajes muy pesimistas, lo que a Rita le había llevado a sospechar que el pianista podía estar acercándose al término de la gira.

«Como comprenderás —me dijo esa tarde Rita—, la sola idea de que la correspondencia pueda estar llegando a su final me pone a mí también de muy mal humor.» Yo asentí con la cabeza y me limité a decirle que la comprendía perfectamente.

Y no sabes, querida Susana, lo mucho que la comprendía. Además, no podía estarle más que agradecida porque me había puesto a las puertas de un gran descubrimiento, del mejor de los inventos.

Aquel día, cuando llegó la hora de retirarnos a nuestras siniestras dependencias (no sé cómo llamar a aquellos miserables cuartuchos para desequilibradas), me quedé pensando en la escritura de aquel pianista desconocido que probablemente había creado la imaginación perturbada de Rita, y recordé que hay quien escribe cartas para vengarse de alguien, o de algo, o bien para huir de la obsesión constante de la muerte o para huir del gran bostezo universal, o simplemente para pasar el rato, que ya es mucho, y así huir de la locura que, tarde o temprano, a todos nos amenaza, y me dije que si la locura era todo un misterio también lo era la escritura y que, en cualquier caso, en los mensajes del pianista de Hungría lo que predominaba no era el misterio de la locura sino más bien, pura y simplemente, el misterio de la escritura: el misterio de cartas como esta que te escribo para celebrar un invento que me mantiene alejada de la desesperación maniática, porque yo me siento fuera de todo peligro desde que escribo cartas, pero sobre todo desde que descubrí que de ese invento tan práctico podía surgir en la práctica un invento aún mucho mejor y más efectivo.

Empecé a intuirlo al día siguiente de mi encuentro con Rita, cuando ésta me dio la noticia que iba a cambiar mi vida. Me dijo que acababa de robarle al doctor la carta oculta del pianista, la carta que no habían hasta entonces querido entregarle. «Tal vez intentaron esconderte un texto de contenido desagradable para ti», le sugerí. «Nada de eso», comentó Rita, y me mostró con un gesto triunfal la carta robada; después, sonrió enigmáticamente y dijo: «Lo que sucede es que no les ha gustado nada ver quién la firma». La sorprendente novedad era que en esta ocasión la carta iba —con más que borrosa caligrafía— firmada. El texto, por su parte, no era tan borroso, y era tan breve que resultaba imposible que hubiera espacio para que el contenido fuera tanto agradable como lo contrario; iba más allá de la brevedad posible en los mensajes escritos: «Fi», le decía desde Balatonszárszo. Y como bien puedes apreciar, mi muy querida Susana, aparte del gran contraste entre una palabra y otra —una tan larga y rara y la otra tan exigua y, encima, mutilada—, era curioso constatar cómo en su exagerado afán de brevedad el hombre se había comido incluso la letra *n* de su parco mensaje, pero en cualquier caso había que entender que tanto la correspondencia como la gira habían llegado a su término. Tras el mínimo pero contundente texto, podía verse la microscópica y más que borrosa firma, ilegible a todas luces y para todo el mundo, salvo para Rita.

«Es Barrymore», me dijo con su mejor sonrisa y mirándome con extraña inquietud y agitación. Sentí como si en aquel instante, en la duración y el brillo de aquella mirada única de Rita, se hubiera encarrilado mi destino, y no me extrañó que eso hubiera ocurrido, pues de hecho lo había estado yo buscando a conciencia y con infinitas ganas, allí en aquel sanatorio. Nadie obtiene nada que no haya estado persiguiendo, y yo había ido a ese manicomio precisamente buscando la confirmación de una gran sospecha: la de que la soledad es imposible, pues está poblada de fantasmas. Y yo había ido a ese manicomio precisamente buscando ese momento único que, tras ser guiada por una oscura pero certera intuición, había acabado por encontrar en la intensidad y agitación de la mirada de mi amiga más tierna, más loca e inseparable. Y ya no le di más vueltas. Fui al despacho del doctor Freud y me despedí de él: «Vine a ver a mi amiga Rita Rovira, y ya la vi, de modo que me voy». El doctor se me quedó mirando por encima de los lentes montados sobre la punta de su nariz, y casi logró enternecerme. Pobre hombre. A solas con su maldita ciencia, y sin imaginación. Estaba claro que no entendía nada. Desesperado, comenzó a remover papeles, consultar fichas, lanzar miradas asesinas a los empañados cristales de sus gafas y de su ventana, y finalmente acabó poniéndose en pie para decirme en un tono crispado, tan ridículo como patético: «Aquí no hay ninguna Rita Rovira. De modo que la tal amiga es un invento suyo».

Me puse de puntillas y le apreté cariñosamente la punta de la nariz e hice que bailaran sus lentes, y después le dije: «No me haga reír, doctor Freud. Si mi amiga de la infancia es una invención, entonces Barrymore es la invención de una invención». Se hundió en sus pensamientos, y yo aproveché para huir. De eso hace ya unos días. Gran liberación. Ahora estoy tan tranquila en casa escuchando el *Requiem* de Fauré y haciendo caso omiso del ruido de los vecinos, concretamente del alboroto que como cada día a esta hora se organiza en el piso de abajo, donde padre e hijo, con gran dramatismo, discuten sobre misteriosos asuntos. Que discutan lo que quieran. No les escucho. Me hallo ya más allá de todo, sumergida en la audición del *Requiem*, y lo que es más importante: me hallo, esta noche, en inmejorable compañía.

Porque Barrymore se escapó conmigo del sanatorio y de

esta carta y ahora se encuentra aquí a mi lado, espiando mis palabras y sugiriéndome que no vuelva a recordarte que a su muerte Mario te veía como a una patata hervida. Y es que Barrymore no desea que te haga daño, porque es una bellísima persona, a la que le gusta mucho no molestar a la humanidad. Barrymore tiene y tendrá siempre una vitalidad superior a la tuya. Barrymore ve muy cuestionable este mundo de frac y de bostezo, pero este sentimiento, que comparte conmigo, no está en él asociado al odio sino al respeto a la vida. Es una gran persona este Barrymore, y eso a pesar de su fiero aspecto, de esa boca tan grande a lo Frankenstein y de esa frente inmensa que parece la cúpula más grande del mundo y que tumba de miedo.

Barrymore no quiere que te haga daño. Se opone a que te repita que no pienso suicidarme. Dice que ya sufriste antes suficiente decepción al saberlo. Barrymore es todo un personaje. Y es también un gran invento, surgido del mejor de los inventos. Es todo un hallazgo, pues dice que siempre que yo caiga en la tentación de desesperarme maniáticamente, él está dispuesto a matarse en mi lugar. Barrymore dice que morir es todo un arte (y sólo un arte) y que él lo hace excepcionalmente bien. Todo lo que pienso, lo piensa él. Dice que se pasa el día escuchando la rueda del Destino que gira y gira con un susurro y que hila la vieja, vieja historia de odio y venganza. Barrymore es todo un personaje. Se parece tanto a mí que dice que desea irse también de este mundo sin molestar, sin hacer el menor ruido, con delicadeza, tal como ha vivido. Barrymore es capaz de todo con tal de no molestar a sus semejantes. Está tan obsesionado con no molestar a nadie que acaba de decirme que si esta noche cayera yo en la desesperación maniática y tuviera que matarse en mi lugar, cerraría —fíjate bien, mi querida patata hervida, porque es importante el detalle—, cerraría la ventana detrás de él después de arrojarse al vacío.

ME DICEN QUE DIGA QUIÉN SOY

Me dicen que diga quién soy. Me dicen que para satisfacer mi vanidad personal (carezco de eso, pero en fin, allá ellos) y que también por la lógica curiosidad que el lector pueda acabar sintiendo por el autor de este tal vez interesante (me dicen que fundamental) testimonio sobre el episodio más oscuro de la vida del gran pintor Panizo del Valle, diga antes cuatro palabras sobre mi persona.

Mi muy modesta y humilde persona, porque yo no soy más que un pobre diablo que nació en Cataluña, en este entrañable pueblo de Tossa de Mar desde donde ahora escribo mientras me digo que me hallo en uno de los mejores lugares de la tierra, y que conste que no me lo digo porque haya nacido aquí, pues de hecho hay sitios que me gustan más y a los que me siento mucho más vinculado sentimentalmente.

Babàkua, por ejemplo.

Yo, en mis años mozos y en los no tan mozos también, fui marinero de segunda clase, siempre en los puertos del sur oriental de África, concretamente en los de Bikanir y Mozambique (mis pantuflas se llaman así como homenaje a esos dos fabulosos países), siendo dos también (como mis pantuflas y esos países) los motivos de orgullo que tengo en la vida: uno es el de ser autodidacta (me gusta desmentir a cada momento esa leyenda según la cual el viejo lobo de mar no puede ser un hombre sensible e instruido); el otro motivo me pone la piel de gallina y está estrechamente ligado al recuerdo de haber pilotado un ballenero en la costa sur de la península de Babàkua (tan famosa en todo el mundo por los retratos de nativos babakuanos que pintara el gran Panizo del Valle, pero al mismo tiempo tan escandalosamente poco conocida y visitada, empezando por el propio Panizo del Valle), península en la que, por cierto, yo soy hombre respetado y muy querido, y a la que me gustaría poder volver algún día e incluso que me enterraran en ella y que sobre mi tumba escribieran sencillamente esto: «Pilotó un ballenero en nuestras costas».

Quiso el azar que en una noche fría y sin luna y de insistente y fina lluvia en alta mar, todavía a bastantes millas de la costa sur de Babàkua, el gran pintor Panizo del Valle, que llevaba un chubasquero gris casi idéntico al mío, fuera a apoyarse en una barandilla en la que también estaba apoyado yo, en ese barco tan orgulloso de su pasado (nada menos que el *Bel Ami* con su histórica quilla) que nos llevaba hacia ese remoto país donde yo era tan respetado y querido y donde había pilotado —qué días aquellos cuando uno camina sin saber que el tiempo camina con nosotros— un fantástico ballenero.

Era la noche del 5 de enero de 1917. Los dos llevábamos parecido chubasquero y, en las sombras de la noche cerrada, componíamos figuras bastante simétricas. Sin embargo, íbamos a Babàkua por motivos bien distintos. Yo iba a recoger o a liar los bártulos (como vulgarmente se dice), a organizar los preparativos de mi viaje de regreso, tal vez definitivo, a mi Tossa de Mar natal. Por su parte, Panizo del Valle se dirigía de riguroso incógnito y en viaje tan solitario como emotivo, hacia Babàkua, donde no había estado nunca; se dirigía al escenario de su imaginación, la remota península a la que debía toda su gran fortuna, la remota península a la que llevaba más de veinte años pintando de forma infatigable (pintando sobre todo a sus pobladores, como si de un nuevo Gauguin se tratara) pero que jamás en la vida había pisado.

Recuerdo que estuvimos los dos, el uno junto al otro, largo rato en silencio, hasta que en el siempre difícil horizonte comenzó a perfilarse la costa sur de la península en forma de figura geométrica, angulada y negra, contra el cielo sombrío. Entonces, como movido por un extraño resorte, el pintor se giró lentamente hacia donde yo estaba y se me quedó mirando con notable fijeza. De inmediato hice lo mismo yo con él, es decir, le correspondí con una mirada no menos fija e insolente de lo que me pareció que era la suya.

Y así estuvimos varios segundos, que me parecieron interminables. El canto plañidero del barco nos acompañó. A nuestro alrededor todo, absolutamente todo, rezumaba: las plumas de carga, las barandillas, todos los cordajes de la embarcación. Era como si un ánimo lloroso se hubiese apoderado de toda aquella zona tan parecida al fin del mundo. Durante esos segundos interminables recuerdo que yo, tratando de que mi mirada no perdiera en ningún momento su intensidad inicial, me dediqué a pensar en otras cosas, sobre todo en el movimiento de la lámpara del mamparo de mi camarote cuando dibujaba un círculo impecable sobre mi balancín de cardán. Esa evocación mantuvo mi mirada muy lejos de allí y, al mismo tiempo, muy cerca de aquella situación tan enrevesada, de aquel en apariencia gratuito desafío de miradas. Panizo del Valle, por su parte, mantuvo también una gran fijeza en su mirada, y lo único que entonces lamenté fue no saber a qué clase de lejanas y tal vez sugerentes imágenes estaba él recurriendo para estar a la altura de la intensidad de mis pupilas.

Así estuvimos unos breves pero intensos segundos, mientras yo me decía: «No hay como pensar en otras cosas para mantener a raya a quienes osan desafiarnos con su mirada». Así estuvimos hasta que, al comenzar a adquirir la costa sur de Babàkua sus primeros tonos púrpura, Panizo del Valle se decidió a hablarme. No sé cómo adivinó que yo era español —lo más probable es que me hubiera oído hablar con el contramaestre— y en español me habló.

—Usted no es de Babàkua —me dijo sonriendo. Aparen-

124

temente, eso fue dicho de forma muy amable. Pero la verdad es que nada en la vida me ha molestado tanto. Y es que no lo preguntó o lo aventuró, no. Es que lo afirmó. Usted no es de Babàkua. ¿Quién era él para decir eso? Me molestó tan gratuita suficiencia. Me indignó que se considerara un entendido en babakuanos cuando yo sabía que en su vida se había molestado en poner los pies en la península. Y sobre todo me indignó (los autodidactos somos gente muy susceptible, lo reconozco) que ni tan siquiera hubiera pasado por su cabeza la posibilidad de que yo le hubiera reconocido, de que yo hubiera detectado en aquel barco la presencia del gran Panizo del Valle. Sin duda, me veía como a un pobre viejo marino ignorante, uno de esos lobos de mar que nada saben del mundo del arte. Me molestó, me indignó profundamente.

—Yo he visto a sus babakuanos del copón —le dije.

—Perdón.

—No es lo mío perdonar.

—No, digo que perdone usted que no le entienda.

—Los conozco bien a fondo.

—¿A quiénes?

—A todos esos retratos de nativos tan equivocados.

Quiso mantener el tipo, hacer como que seguía sin entenderme. Simuló que no era Panizo del Valle pero que me seguía la corriente como si yo estuviera loco. Pero bien que me había entendido. Y, además, su ansiedad le delataba.

—¿Equivocados los nativos o los retratos? —acabó preguntándome con una sonrisa más que forzada.

—Equivocado el pincel.

Comprendió enseguida que era inútil seguir disimulando. Ya no viajaba de incógnito.

—¿Debo pensar que sabe quién soy? —preguntó.

Me pareció ver que yo le inspiraba, al igual que probablemente la mayoría de las cosas de este mundo, una desconfianza de hondo arraigo en su interior.

—Debe pensarlo —le contesté.

—¿Y qué sabe usted de mí?

Con su pregunta logró que volviera a indignarme. Seguía resistiéndose a ver en mí a un hombre instruido. ¿Por qué yo no podía conocerme de memoria su obra?

—Pues sé, por ejemplo, que usted no ha estado jamás en Babàkua ni en pintura.

—Hombre, en pintura sí que he estado —bromeó torpemente, sin duda algo inquieto y sorprendido al ver que yo, un pobre diablo, sabía bastante sobre su vida.

—Y también sé —le dije— que si se hubiera molestado alguna vez en pisar esa tierra diabólica sabría de sobra lo inmensamente equivocadas que están todas sus pinturas. No puedo evitar reírme cuando pienso en todos esos críticos que le consideran el último realista. Cuánta necedad, Dios mío.

—Oh, vamos —protestó tímidamente—. ¿A qué viene todo esto?

—Viene —le respondí señalando una tan repentina como oportuna neblina que acababa de hacer su aparición y que fue espesándose a un ritmo muy vivo que acabó semiocultando el perfil de la costa sur de Babàkua—. ¿Cómo diablos —le dije— se las arregló para pintar a los babakuanos de forma tan diferente de como en realidad son?

—¿Eso he hecho yo? Es la primera noticia que tengo —me dijo y se rió. Con su conducta logró que siguiera yo bien indignado con él. Pasé decididamente al ataque.

—Me dan pena —le dije— sus babakuanos del copón, esos retratos de angelicales almas puras de indígenas. Su pintura es un puré de errores. Porque no son estúpidos nativos de hueso en la nariz lo que usted va a encontrar ahí en Babàkua. Es mejor que lo sepa. Son gente que ama lo verdaderamente diabólico. Son diabólicos. Son gente que nada tiene que ver con la que usted pinta.

—Oh, vamos —volvió a protestar—. ¿No estará usted hablando en serio? Parece que quiera aguarme la fiesta, amigo. Y, además, yo jamás he pintado nativos con huesos en la nariz. Los he pintado civilizados, sentados tranquilamente al atardecer en cafés, por ejemplo.

—Pero ha pintado una gente que no existe. Ha pintado unos hombres y mujeres que yo no he visto nunca en Babàkua, donde todo el mundo es más malo que el demonio. Usted ha pintado una gente serena y simpática, feliz y amable, profundamente sincera, nada retorcida, adorablemente cristiana, bondadosa, burra. Nada más alejado de la realidad.

Su expresión era un tanto incrédula.

—¿Y eso de burra? —dijo.

Hice como que no le había oído. No quise dar explicaciones en ese sentido.

—Yo sólo le diré —proseguí— que son gente en la que constantemente se manifiesta, tal vez como en ningún otro lugar de la tierra, y recuerde que nos hallamos en los confines de la misma, lo verdaderamente diabólico.

—En los confines de la misma —subrayó con una sonrisita, como si yo me hubiera expresado incorrectamente.

—¿He dicho algo malo o he dicho algo mal, señor sonrisita?

—Dice usted cosas muy raras —me contestó.

—Debe de ser por culpa de esta neblina —le contesté tratando de despistarle con algo que no venía a cuento.

—Muy raras —repitió él.

Durante unos segundos permanecimos callados, como si la conversación, aunque breve, nos hubiera dejado muy fatigados. Finalmente, rompí yo el silencio.

—Imagino que debe usted de estar preguntándose qué demonios es eso de lo verdaderamente diabólico. ¿No es así?

—Pues no. La verdad es que no me estaba preguntando nada —fue su irritante respuesta.

—Claro, prefiere mirar al mar.

—Hombre, tampoco es eso. Con esta neblina cualquiera se pone a mirar el mar...

—Entonces querrá saber qué es lo realmente diabólico.

—Pues no. Pero si tanto se empeña... En fin, voy a preguntárselo. Vamos a ver, buen hombre, ¿qué es lo realmente diabólico para usted?

Se creía muy listo, pero lo único que lograba con todo eso era que cada vez le detestara más. A él y a sus pinturas. ¡El gran Panizo del Valle! El último realista...

—Usted se lo ha buscado —le dije—. Para empezar, le diré que su famoso retrato de babakuana con muñeca de trapo es motivo de burla constante en Babàkua. No hay un solo día en el que alguien en Babàkua no haga un comentario irónico acerca de su equivocadísimo retrato.

—No sé por qué dice que equivocadísimo. Me limité a copiar con maestría una fotografía. No veo el problema, amigo. Retraté de la forma más fiel posible a la niña de esa fotografía. Eso es todo.

—Ése precisamente es el problema. Aun a riesgo de parecerle pedante debo decir que para mí las instantáneas son una diabólica manifestación de lo moderno, y siempre engañan.

—Oh, vamos. ¿Quién le sopló una idea tan tonta?

—La idea es mía, y de tonta nada —me enfurecí—. La que sí es tonta es esa cursilísima niña con muñeca de trapo que usted pintó. Es tonta sólo en su pintura, porque lo que es en la vida real... Se llama Aidivne y, al igual que todas las demás babakuanas sin excepción, es una criatura muy lista y muy endiablada que se distingue por su tendencia a sentir abundante dentera o pelusa o, lo que es lo mismo, a sentir mucha envidia por todo. Y la envidia, por si no lo sabe, es una de las pasiones nacionales en Babàkua. Y la envidia, por si tampoco lo sabe, es una de las manifestaciones más claras de lo verdaderamente diabólico.

—Lo siento mucho, caballero. Pinté a esa niña dulce y serena, nada envidiosa. Le presento mis disculpas. Ahora bien, ¿realmente es tan grave no haberla pintado envidiosa?

—Pues sí que lo es —le dije muy enérgicamente—. Sobre todo si tenemos en cuenta que usted siempre se jactó de pintar la realidad de Babàkua y, sin embargo, ignora detalles tan elementales como que en Babàkua todas las mujeres, sin excepción, se mueren de envidia. De niñas todas desean tener la muñeca de trapo de su mejor amiga. Y cuando se convierten en mujeres maduras quieren ser todas el marido de su mejor amiga. Perdón. He querido decir que envidian a su mejor amiga por el marido que ésta tiene.

De nuevo me obsequió con una molesta sonrisita de suficiencia, esta vez a causa sin duda del pequeño lío que me había hecho al hablar. Pero yo continué como si nada.

—Y por envidia —le dije— los hombres de Babàkua matan. Asesinan para quedarse con la muñeca de trapo que menos suya les parece. Son envidiosos y asesinos sus babakuanos, y usted sin enterarse.

Se me quedó observando fijamente, como tratando de averiguar si yo estaba loco o decía la verdad (y no hacía más que prevenirle del horror que iba a encontrar en Babàkua) o era simplemente un charlatán muy pelmazo.

Esta vez no quise entrar en un nuevo duelo de miradas.

—Óigame —le dije—, yo he visto muchos cuadros, muchos, aunque usted piense que soy tan sólo un pobre marino ignorante. Y debo decirle que a un pintor sólo le pido y le exijo que su relación con lo plasmado en el cuadro sea directa, sin equívocos posibles, real, aunque esa realidad no tenga más vida, más plasmación que la del cuadro mismo. Por eso me irrita tan profundamente usted y su extravagante e irresponsable relación con la realidad de Babàkua. Jamás se ha comprometido con lo que pintaba. Ha retratado babakuanos como habría podido retratar estampas de misales. Su frivolidad me parece despreciable.

—Envidio su buen humor —se limitó a decirme.

Disimulé mi sensación de fracaso.

—Parece que no quiere entenderme. Estoy tratando de hacerle ver que todavía está a tiempo de aceptar la realidad e implicarse en ella.

—Pero bueno, buen hombre, pero bueno. De lo que todavía estoy a tiempo es de marcharme de aquí y dejarle a usted a solas con sus tonterías de barandilla.

Fue entonces cuando me di cuenta de que, aunque él trataba de no reflejarlo, cierta inquietud se había apoderado de su ánimo. Al decir eso de que todavía estaba a tiempo de marcharse de allí, no había hecho más que mostrar, sin darse cuenta, cierto convencimiento de que no podría seguir aguantando por mucho tiempo las verdades que yo le estaba diciendo acerca de su mentirosa y equivocada pintura.

Eso me dio alas. Volví a la carga. Le dije:

—Usted debe de sentirse muy orgulloso de, por ejemplo, toda esa tan celebrada serie de cuadros que pintó sobre los religiosos de Babàkua. Todas esas famosas pinturas de curas predicando la verdad, siempre con el inefable volcán Ogeuf al fondo. Hermosas pinturas, sí señor, pero rotundamente equivocadas, porque en ningún momento reflejan la realidad de Babàkua. Vamos, ni en pintura. En fin, que debe usted de sentirse muy satisfecho de su obra, pero yo le voy a decir tan sólo una cosa, y usted perdone pero creo que es mi obligación hacerlo, le voy a decir tan sólo esto: Debería morirse de vergüenza.

—Bueno, ya veo que la tiene usted tomada conmigo —dijo aparentando no estar nada afectado por mis palabras—. Vamos a ver, ¿qué es lo que sucede con mis cuadros de religiosos babakuanos? ¿También los he pintado mal?

—No los ha podido pintar peor. No hay nada más alejado de la realidad de Babàkua que sus pinturas de religiosos. Porque debe usted saber que en Babàkua todo el mundo, incluso los curas, cultivan el arte de la mentira, y está muy claro que de eso usted nunca se ha enterado. La mentira, ya es hora de que lo sepa, es otra de las más claras manifestaciones de lo verdaderamente diabólico. Y en Babàkua reina por todas partes. Hay incluso monumentos dedicados a la Mentira. Es otra de las pasiones nacionales. Sin embargo, va usted, buen hombre —le devolví el insulto—, va usted y pinta a esos zumbados predicadores como si estuvieran propagando nada menos que la Verdad con mayúscula. Por lo visto, no sabe que todos esos predicadores adoran la mentira. ¿Y sabe por qué? Pues es bien sencillo. Para no perder clientela. Ellos saben que sólo la mentira fascina a sus feligreses, de modo que dan a éstos lo que piden: una mentira tras otra. Por eso dan tanta pena o, mejor dicho, tanta risa todos esos cuadros en los que usted refleja a unos predicadores íntegros y en olor de santidad.

—No puedo creerle —dijo, y me pareció que estaba empezando a preocuparse.

—Y, además, en Babàkua —proseguí— todos son difamadores. Todos sin excepción se dedican a difundir falsas noticias sobre el prójimo. Eso tampoco puede decirse que aparezca en sus sublimes cuadros en los que pinta atardeceres en cafés llenos a rebosar de babakuanos muy callados y serenos, incapaces de hablar mal de nadie. Dan risa todos esos babakuanos suyos mirando al horizonte. Tan silenciosos ellos. Por lo visto, usted no sabe que al atardecer los cafés se llenan a rebosar de gente que no para de ejercitar el deporte de la difamación. Si usted hubiera pintado la realidad tendría que haber titulado así sus cuadros de cafés babakuanos: *Atardeceres viperinos en la península del Mal*.

Panizo del Valle bajó ligeramente la cabeza y parecía cada vez más preocupado.

—Ya verá —continué yo—. Pronto desembarcaremos y usted tendrá ocasión de comprobar la veracidad de cuanto le estoy diciendo. Lo comprobará enseguida porque no me extrañaría que en cuanto ponga el primer pie en Babàkua comiencen ya, en ese preciso instante, a difamarle sin piedad. Aunque no le reconozcan, da igual; lo difamarán de inmediato, ya verá, con muchas ganas. Son así. Están esperando siempre gente nueva para ampliar el campo de sus difamaciones. No sabe usted lo mucho que les divierte este deporte nacional. Y difamar, por si usted aún no lo sabe o no lo ha adivinado, es otra de las más claras manifestaciones de lo verdaderamente diabólico. A ellos les entusiasma hasta límites increíbles. Y sin embargo usted ha pintado siempre a los babakuanos como almas puras e incontaminadas. Mire que ponerle a uno de sus cuadros el título de *La frescura de la vida salvaje*... Me hace usted reír.

—Ese cuadro y ese título no son míos —protestó.

—Pero podrían serlo. Porque ésa es la filosofía que yo veo que anda detrás de los cuadros que, de entre los suyos, más éxito han tenido. Me refiero a esos en los que se ven nativos que bailan en playas al amanecer, siempre alrededor de una hoguera. La filosofía que está detrás de esos cuadros es nítida: La frescura de la vida salvaje.

Me reí a solas, me sentía algo victorioso. No hacía falta más que ver el rostro preocupado de Panizo del Valle. Luego seguí:

—Y lo que usted no sabe, porque usted no sabe nada de Babàkua, es que cuando bailan también aprovechan para difamar, sólo que en este caso la difamación la comunican exclusivamente a la hoguera, que es siempre una representación en miniatura del volcán Ogeuf. Por eso bailan tanto. Como les encanta difamar y que la hoguera les escuche, son incansables en materia de danza playera y matinal.

Le vi ya entre cansado, preocupado y aturdido. Parecía no gustarle nada de lo que le estaba diciendo, sobre todo porque había empezado a intuir que yo no mentía; había empezado a darse cuenta de que yo le estaba poniendo en contacto con esa dura realidad, tan alejada de sus pinturas, que iba a encontrar en cuanto desembarcara en Babàkua.

—Son una raza diabólica —le insistí, mirándole fijamente a los ojos.

Hubo, por su parte, un primer conato de retirada. Como si ya no pudiera más de mí. En vista de que deseaba marcharse, hice lo que pude para seguir reteniéndole.

—Da igual que lo difamen en cuanto desembarque —le

dije—, porque de hecho hace ya mucho que se dedican a hablar muy mal de usted. ¿No se lo ha advertido nunca ningún babakuano? ¿Nadie le ha escrito desde Babàkua? Me temo que no, me temo que usted no tiene el menor contacto con la gente de ahí.

—En cierta ocasión me escribió una babakuana y me contó que pertenecía a una raza feliz, difícil ya de encontrar sobre la tierra.

—Ya le dije que la mentira les fascina.

—Ya. La verdad es que ya no sé qué pensar.

—Dicen de usted que es la suma de todos los hombres drogados del mundo, y que eso explicaría que no haya sabido pintar Babàkua tal como es.

Le vi entristecerse profundamente.

—Disculpe que haya sido tan directo —le dije—, pero yo desde el primer momento he sentido que era mi obligación advertirle de lo que va usted a encontrarse cuando desembarque en Babàkua.

—Caballero, ha sido un placer —me dijo mientras intentaba una nueva retirada—. No sé si es verdad lo que me cuenta. Pero, en cualquier caso, yo me voy. Prefiero no saber nada más.

Dio media vuelta y tomó la dirección de su camarote. La neblina parecía comenzar a perder intensidad. Pronto reaparecería el inquietante perfil de la costa sur de Babàkua. Pronto podría volver a verse aquella figura geométrica, angulada y negra, contra el cielo sombrío.

Probé suerte, a ver si lograba retenerle un poco más.

—¡Todos los babakuanos saben leer y hablar al revés! —vociferé.

Logré que detuviera sus pasos. Dio lentamente media vuelta y, titubeante pero avanzando, se plantó de nuevo ante la barandilla.

—¿Cómo ha dicho? —me preguntó.

En su mirada podía verse un rayo de esperanza.

—Si al menos en alguna ocasión —le dije— hubiera titulado alguno de sus cuadros al revés, al menos en eso habría usted sido fiel al espíritu enrevesado de este pueblo.

Se le veía repentinamente feliz. Pero yo también lo estaba. En mi caso por haberle tendido esa magnífica trampa que le había hecho volver sobre sus pasos.

—Pero si hace años que sé que les gusta, de vez en cuando, leer y hablar al revés. Por eso varios cuadros llevan el título al revés. Al menos en este aspecto no he permanecido ignorante de la realidad del país.

Se quedó, por unos segundos, pensativo. Y luego, visiblemente satisfecho, añadió:

—¿De verdad que conoce usted mi pintura?

Se le veía radiante ante la posibilidad de que hasta entonces yo le hubiera mentido.

—¿No será usted —dijo— el mentiroso y el difamador, el verdaderamente diabólico y todo eso?

Y se rió. Era tanta su repentina alegría que tomó una expresión divertida y enajenada en extremo. Hasta entonces había estado demasiado nervioso, y eso siempre se paga.

—Prefiero no contestar —le dije.

Yo sabía perfectamente lo de los títulos al revés. Cualquier conocedor de la pintura de Panizo del Valle lo sabe, y no sólo lo sabe sino que es lo primero que comenta cuando le preguntan por el pintor. El de los títulos al revés, dice el tópico. Si había simulado no saberlo era porque me pareció que podía ser el truco ideal para retener al pintor allí en cubierta. No me satisfacía la perspectiva de quedarme sin contertulio.

—¿No será —repitió exultante— que es usted el mentiroso y el difamador y el envidioso? Claro, ahora lo entiendo. ¿Cómo no lo habré visto antes? Todo lo que me ha dicho no obedecía más que a la envidia que siente por mi fama, por mi éxito, por mi extraordinaria vinculación a la realidad.

Se había crecido de repente, lo cual no dejaba de tener su gracia, pues no hacía ni cinco minutos me había parecido el hombre más hundido de la tierra.

—¿Así que no sabe —continuó radiante— que algunos de mis cuadros, precisamente los más célebres, llevan el título al revés? Vaya revés el suyo, amigo, vaya revés. Y cuando menos lo esperaba, ¿no es cierto?

Podría haber acabado con su inestable alegría limitándome a preguntarle por qué el cuadro de la niña Aidivne y su muñeca de trapo no llevaba el título al revés, es decir, por qué no se llamaba *Envidia*. Eso habría sido suficiente. Pero nada le dije. Preferí ser prudente y me limité a repetir su última frase al revés.

—*Abarepse ol sonem odnaucy* —le dije, y me quedé aguardando a ver cómo reaccionaba.

Se quedó algo confundido, yo diría que incluso pálido. Como no era imbécil, inmediatamente comprendió que le había repetido su frase al revés. Tras un breve e incómodo silencio —no paraba de mirarme intrigado— acabó diciéndome:

—Usted es de Babàkua.

Me enfureció. Seguía creyéndose un entendido en la materia. Por lo visto, pensaba que podía decidir a su antojo mi nacionalidad. Antes me había tomado por un ignorante y un estúpido viejo lobo de mar, ahora me veía como a un indígena de hueso en la nariz. No pude evitarlo y le dije:

—Está usted bien loco. Y pensar que le consideran el último realista...

—Caballero —intentó una nueva retirada—, ha sido un placer.

Mientras me extendía la mano —una prueba de que no acababa de decidirse a marcharse— yo pasé a describirle más horrores, aquello que por falta de tiempo aún no había podido explicarle acerca del temible e infernal carácter de los babakuanos. Panizo del Valle no dejó en ningún momento de mirarme con extrañeza, como si el loco fuera yo, siempre dudando acerca de si le estaba contando la verdad. Todo el rato parecía estar diciéndose: No puedo creerle, amigo, no puede ser que esa gente sea tan inmensamente mala.

Le expliqué con gran detalle que los babakuanos no sólo eran, como ya le había contado, mentirosos, envidiosos y difamadores, sino que, además, eran mezquinos, pequeños tiranos, malignos y terribles envenenadores de las almas cándidas.

—Éstos son —le dije— los siete rasgos más distintivos de su manera de ser. Y precisamente éstas son las siete manifestaciones esenciales de lo verdaderamente diabólico. Y usted sin enterarse, pintándolos a todos como si fueran angelitos.

—Caballero, ha sido un placer —dijo, y dio media vuelta. Esta vez parecía del todo decidido a dejarme solo en cubierta.

Entonces cometí el error.

Hasta aquel momento yo me había limitado a advertirle de la tenebrosa realidad que iba a encontrar en Babàkua. Hasta aquel momento yo no había inventado nada, tan sólo me había limitado a informarle de lo que encontraría cuando desembarcara. Pero al verle tan rotundamente decidido a regresar a su camarote, inventé. Me volví también un traidor a la realidad de Babàkua. Y todo por la necesidad de no quedarme solo, y todo por retener unos minutos más a Panizo del Valle.

Entonces cometí el error.

—¿Ha visto estas fotografías? —le pregunté.

Le mostré tres terroríficas instantáneas que en un puerto de Mozambique le habían regalado a mi amigo José, el contramaestre del barco. Se veían en ellas las catastróficas consecuencias de unas recientes luchas tribales. Pero a Panizo del Valle le dije que eran fotografías tomadas, unos días antes, en el cementerio de Satsitra Solam, más conocido por el Campo Violeta de los Realistas Torturados. En Babàkua.

—Todos esos cadáveres que usted ve, horriblemente torturados, espantosamente mutilados, se secan al sol, según una vieja costumbre babakuana, antes de ser trasladados a su último destino, al pie del volcán Ogeuf.

»Y las fotografías no engañan —le dije recordándole sus propias palabras.

Debo decir que me arrepiento de haber mentido de aquella forma. Pero la verdad es que no lo hice con mala intención. Mi propósito era retenerle. Yo sólo quería que Panizo se quedara un rato más allí en cubierta. Hoy, claro está, me arrepiento. Me sabe mal. Pero ¿quién iba a decirme a mí que esas fotografías mozambiqueñas constituirían el detonante final por el cual el gran Panizo del Valle acabaría aceptando la realidad, es decir, la realidad ya incuestionable de que había sido toda la vida un pésimo pintor?

El mal pintor sabe, de alguna manera, que lo es, y tiene por ello una indudable mala conciencia. Yo no hice más que ayudar al gran Panizo del Valle a afrontar la realidad. Ayudarle a que comprendiera que la pintura no es nada si no es *peligrosa*.

—Me voy. Sí. Creo que me voy —dijo, y yo leí o creí leer en su rostro una expresión de profundo malestar, posiblemente su mala conciencia—. ¿Con quién he tenido el gusto, quiero decir el disgusto, de conversar?

La palabra «disgusto» me disgustó, y valga la redundancia. Entonces cometí un nuevo y pienso que gravísimo error. Del mismo modo que a veces un malentendido lleva a otro, lo mismo sucedió en relación con mis errores.

Le enseñé mi pasaporte.

Mis dos apellidos, tan catalanes, debieron de representar para él un pequeño alivio, momentáneo pero a fin de cuentas alivio.

Duró poco. El tiempo en el que se quedó mirando con dulzura al horizonte en el que ya podía verse con relativa claridad la costa sur de Babàkua y el volcán Ogeuf al fondo. La neblina se había disipado —más tarde volvería de súbito dando indicios del extraño desequilibrio de las leyes de la naturaleza en las cercanías de la península—, y siguieron unos momentos de calma. Momentos únicos, inolvidables, los últimos. Porque poco después él tuvo la fatal ocurrencia de leer al revés y en voz alta mis dos apellidos.

—Satam Alive —se le oyó decir.

Yo diría que todo el barco lo oyó. Y su grito acabó confundiéndose con el canto tétrico y plañidero de la embarcación.

—Satán vivo —dije yo con falsa inocencia y para acabar de arreglarlo.

Si digo que se le veía lívido, digo poco.

Y aquello fue como una función de teatro que llega abruptamente a su final. Panizo del Valle, con el rostro demudado, dirigió ya definitivamente sus pasos hacia el camarote del que ya no saldría hasta llegar a Babàkua. Ni siquiera se despidió.

Había reaparecido la neblina, y la jungla estaba renegrida y empapada cuando llegamos al puerto de Fiu, en Babàkua. La humedad rezumaba por toda la arboladura, por encima del tenso entoldado que guarnecía el puente. Era un amanecer helado, algo poco habitual en aquella época del año, aunque a decir verdad en aquel clima nada era nunca habitual.

Lo antepenúltimo que vi de Panizo fue su perfil sombrío y diluido en aquel amanecer de hielo. Parecía huir de mí, de sí mismo, de su espantosa pintura tan equivocada, y de todo. Después, le vi saltar al muelle. Iba vestido simplemente con unos anchos pantalones, que pertenecieron sin duda a su pijama, y una camiseta floreada. Sin equipaje. Lo había dejado todo a bordo.

Esa mañana, al ver aquella figura de loco en pijama que avanzaba entre la inconstante neblina, me dije que muy probablemente ya no volvería a verle nunca más. Y así fue. Se perdió en la selva no sin antes lanzarme, a modo de despedida (algunos amigos me dijeron que a modo de odio eterno por lo pesado que soy, pero yo dudo mucho que fuera por eso), una mirada tan entregada como profundamente enajenada.

Y ahora ya sólo me queda confiar en que el relato de los hechos que precedieron al desembarco en furioso pijama del gran Panizo del Valle arroje algo de luz en torno a las misteriosas circunstancias que rodearon la desaparición del pintor. Yo, por mi parte, sólo quiero añadir que, a mi modesto entender, nadie en pijama se adentra impunemente en la peligrosa selva de Babàkua. Y eso me lleva a pensar que él, a última hora y en un gesto tan admirable como conmovedor, decidió jugársela, arriesgar por vez primera en su vida, arriesgar y adentrarse a cuerpo limpio en la realidad.

En cuanto a mí, creo haberlo dicho antes. Sólo soy un pobre diablo. El pobre diablo, para ser más exacto. Estoy cansado de ser quien soy. Ya son demasiados años de cometer perrerías. Mientras escribía esto, me he ido dando cuenta de que también yo tengo muchas ganas de desaparecer. He pasado revista a todas las posibilidades que existen de suicidio y, tras encontrar objeciones contra cada tipo de muerte, al final he decidido hacerme cosquillas hasta morir. Y que me entierren en Babàkua donde piloté —creo que a la vista está— un ballenero, todo un señor ballenero, frente a sus costas.

LOS AMORES QUE DURAN TODA UNA VIDA

Ser profesora de instituto no es un trabajo apasionante —yo diría que incluso ser bedel lo es más— pero tiene la ventaja de que estás en alucinante y permanente contacto con la mediocridad humana (y así una nunca se olvida de dónde realmente está y en qué mundo vivimos) y, además, puedes disfrutar de muchos meses de vacaciones. Agosto es mi favorito. Se va todo el mundo de Zaragoza, se largan a playas infectas a comer helados venenosos y me dejan a mí bien tranquila con mi abuela en el piso de la Gran Vía. Ahí fumamos. Mi abuela lo hace en pipa. Grandes escándalos los suyos cuando era joven y estaba mal visto que las mujeres fumaran. Me lo ha contado no sé ya cuántas veces. Cada año lo repite cuando llega agosto y nos quedamos las dos por fin solas en el piso y ella —muy acorde con su papel de abuela— se siente más o menos obligada a contarme historias. Y las cuenta no sólo para sentirse abuela sino para impedir que yo le cuente demasiadas historias inventadas. Cada agosto vivimos una simpática pero firme y permanente lucha por ver quién de las dos cuenta más historias a la otra. Las de mi abuela son todas siempre rigurosamente veraces. Cada año, cuando llega agosto, me repite la del lío enorme que ella armó en la playa de la Concha de San Sebastián cuando apareció ataviada con una mantilla y sacando humo hasta por las orejas.

Hay mucho humo —es natural— en la casa. Yo fumo cigarro tras cigarro y lanzo las colillas al viejo y entrañable ventilador que nada ventila el pobre, aunque hoy no hace falta que lo haga, pues el día es casi frío y está muy nublado y no falta mucho para que empiece una buena tormenta. Lanzo los restos del vicio —las colillas bien apuradas— como si nada, contra el ventilador que no ventila nada. Pero hoy no sé si es muy apropiado decir tanto la palabra «nada». Estoy muy nerviosa y no puede decirse que no pase nada. Y encima, la abuela me mira con infinita rabia.

—Estoy esperando, Ana María, a que me expliques por qué me has dejado sola estos tres días —me dice, y se la ve realmente muy molesta conmigo.

Todavía está mi maleta en el pasillo. Acabo de regresar de mi viaje de fin de semana a Cerler, el pueblo más alto del Pirineo aragonés. Mi abuela, que espera la inmediata explicación, me mira con severidad, y traga humo. Yo estoy sentada en el sofá, y fumo. Trato de calmarla cuando lo que debería hacer es, de entrada, calmarme a mí misma. Porque he vuelto deshecha, completamente destrozada, desesperada. Nada necesito más que poder contarle a la abuela lo que me ha pasado y, así de paso, tratar de comprender yo algo de lo sucedido.

Me encanta inventar historias, pero la que voy a contarle a la abuela, la que ahora *necesito* contarle, desgraciadamente ha sucedido de verdad. Y no sé muy bien por dónde empezar, ni tampoco sé si la abuela la va a creer. Si la resumo en cuatro palabras —es decir, la pongo al corriente de la desgracia y basta— pueden ocurrir dos cosas: o bien que no me crea e incluso se ría (lo cual aún puede dejarme más hundida y destrozada) o bien que me crea y tenga un ataque al corazón (últimamente cualquier noticia triste a bocajarro la deja al borde del colapso). De modo que lo mejor será contárselo todo bien despacio y que ella misma, poco a poco, vaya intuyendo que la historia acaba mal.

—Ya te lo dije, abuela. Fernando me necesitaba.

La expresión de la abuela es de fingida perplejidad. Fingida porque sabe perfectamente de qué le hablo. La verdad es que la mataría, en estos momentos se merece la noticia triste a bocajarro, pero en fin, voy a evitar caer en eso. Me mira con rabia. Supongo que sospecha que, una vez más, le voy a largar un buen cuento. He inventado siempre tantas historias —cómo me gusta la del billete que voló, es mi preferida— que es lógico que ahora ella se muestre escéptica ante lo que adivina que puede ser una nueva historia de las mías.

Yo sigo fumando, trago mucho humo, y luego prosigo, a ciegas. Le digo:

—Fernando me invitó a su casa de Cerler. Ya te conté que se sentía en una situación muy apurada y que me había pedido que, por favor, le echara una mano. Te lo dije ya, abuela. Tú sabes que Fernando es mi mejor amigo y yo no podía negarme. Te dije que sólo serían tres días, y así ha sido, ¿qué más quieres?, total han sido sólo tres días, tal como te dije, ¿te has sentido muy sola?

La abuela no contesta. Calla pero no otorga. Yo me atropello algo con las palabras y la introduzco en la historia del gran amor de Fernando con Beatriz.

—Él me necesitaba urgentemente a su lado porque su gran amor, esa Beatriz de la que alguna vez te he hablado, subía a verle a Cerler en compañía de su recién estrenado novio. Y él, que cuando la invitó no sabía que ella acababa de hacerse con un nuevo novio, necesitaba a su mejor amiga, o sea a mí, para compensar la, cómo te diría yo, enojosa presencia del novio inesperado y no invitado. ¿Está ya más clara la cosa?

—Estás muy nerviosa —dice la abuela.

—Pero ¿está o no más clara la cosa?

—No —dice—. Nada.

Y en parte tiene razón. Me atropello al contar, estoy muy nerviosa. Debería contarle las cosas de un modo más reposado y que ella pudiera entenderme mejor; debería contarlas como lo hace ella, aunque la verdad es que la pobre tampoco es que las cuente de un modo demasiado ordenado; además, se repite, se repite mucho. Una amiga me dijo que mi abuela sólo tenía una historia y que por eso se repetía tanto. Si eso es verdad, yo supero a la abuela en historias porque como mínimo tengo dos: la del billete que voló (a la que tal vez se parecen mucho el resto de historias que hasta ahora he inventado) y la de este fin de semana de Cerler. Dios mío, tengo dos. Pero la segunda hubiera preferido no tenerla. Y además creo que debería demorarme menos al contarla. Porque está bien que vaya preparando a la abuela para la terrible noticia final, pero no creo que sea necesario que vaya tan despacio. Ya hace rato que debería haberla puesto más al corriente de la historia del gran amor de Fernando por Beatriz. Debería haberle dicho: Un amor fuera de serie. O bien: Un amor de los que no hay, un amor de verdad. Debería haberle dicho algo más acerca de esa pasión extrema de Fernando desde el día en que vio a Beatriz por primera vez y quedó fulminantemente enamorado. Hasta entonces él no se había fijado en ninguna otra mujer. Una cosa algo penosa si tenemos en cuenta que a mí ya me conocía, pero en fin, a mí siempre me vio como a una amiga y eso —por mucho que yo quiera y son infinitas las veces que lo deseé— es algo que desgraciadamente ya no se puede cambiar.

Le digo a la abuela:

—Tal vez me entiendas mejor si te digo que Fernando ha permanecido fiel siempre a su primer amor. Desde que vio a Beatriz, y de eso pronto hará ya diez años, se enamoró irremisiblemente de ella. Se dijo para sí mismo que nunca podría sustituir a Beatriz en su corazón. Pero no le confesó su amor, se quedó aguardando a que ella le correspondiera. Y como eso no sucedió, poco a poco fue descubriendo las angustias y las delicias de los amores imposibles.

Miro a la abuela y veo que me sigue mirando con rabia. Está claro que piensa que me lo estoy inventando todo. Estoy segura de que no tardará en decirme, una vez más, que soy una maníaca de la invención de historias. Pero yo siento que debo seguir. Le digo:

—Yo creo que Fernando se enamoró deliberadamente de ese tipo de amor que nos hace pasarlo muy mal porque lo guardamos en secreto y nunca somos (y estamos seguros de que nunca lo seremos) correspondidos, lo cual en el fondo es todo un alivio, porque es terrible que te quieran, ¿me vas entendiendo algo, abuela?

—No, nada —me dice.

—¿Nada? —casi le grito.

—Estás muy nerviosa, Ana María.

—Pero ¿me entiendes un poco, al menos?

—No —dice—. Nada.

Bueno, en parte tiene razón, tendría que dar menos rodeos y, además, hablar sin atropellarme en las palabras y sin estar todo el rato con el alma encogida.

Cada vez está más cercana la tormenta. El viento mueve las cortinas de las ventanas. Me levanto y apago el ventilador. Enciendo otro cigarro. Miro a la abuela. Sigue enfadada y mirándome con total desconfianza. Le digo:

—Ha sido un amor imposible, siempre lo fue, porque si algo estuvo claro desde el primer momento fue que jamás Beatriz iba a enamorarse de él. Yo no sé, pero siempre me he dicho que a lo mejor fue precisamente ésa la causa por la que él se sintió tan seducido por ella. Porque fue todo tan extraño en ese enamoramiento...

Me digo si no habrá algo de escandaloso en mis palabras, pues a pesar de estar tratando de contar algo muy doloroso para mí, siento cierto placer perverso al narrarlo. Tal vez tenga razón la abuela cuando me llama maníaca de las historias.

—Aún recuerdo —le digo— el día en que él la vio por primera vez y vino a mí para decirme unas palabras que se me han quedado muy grabadas, la prueba es que las recuerdo con toda exactitud. Me dijo Fernando: No sabes, Ana María, lo guapa que es la mujer que acabo de conocer. Es alta, morena, con una magnífica cabellera negra que le cae en trenzas sobre los hombros; su nariz es griega, sus ojos resplandecientes, sus cejas altas y admirablemente arqueadas, su piel brilla como si fuera terciopelo mezclado con oro. Y todo esto unido a una fina pelusilla que oscurece su labio superior, da a su rostro una expresión viril y enérgica que hace palidecer a las bellezas rubias...

Hago una pausa. Todavía me sorprende la exactitud con la que recuerdo esas palabras. Luego añado:

—Creo que alguien que es capaz de hablar así es que está muy pero que muy enamorado. ¿No te parece?

—¿Una expresión viril has dicho? —pregunta mi abuela revelando que está más interesada de lo que parece en mis palabras.

—Sí, eso he dicho.

—¿Y no será que ese Fernando amigo tuyo se enamoró en realidad de él mismo?

Pregunta extraña. No sé qué contestarle. Mi abuela está muy entretenida apartando el humo que, sin querer, le he enviado.

—¿Así que ya vas entendiendo algo de lo que pretendo contarte? —le digo.

Vana ilusión la mía.

—No entiendo nada —me dice, y sonríe.

También yo sonrío, aunque poco, pero sonrío, la verdad es que lo necesitaba. Entiendo que la abuela me está dando un margen de confianza. Sin duda ella piensa que invento, pero al menos no está segura del todo. Procuro no volver a echarle más humo a la cara.

—Lo que quiero que entiendas —le digo— es que Fernando se encontró ni más ni menos que con su ideal femenino, lo cual no es poco. Desde entonces Beatriz se convirtió en su pasión secreta. Y ella nunca lo ha sabido, jamás se ha enterado de eso. Así están las cosas. Y así estaban cuando llegué a Cerler y vi, ¿a que no sabes lo que vi?

—Cualquier cosa —dice la abuela.

—Pues vi —le digo y que piense lo que quiera— nada menos que paracaidistas que caían alrededor del pueblo. Practicantes del parapente pirenaico, ¿has oído hablar de eso?

No contesta.

Le explico en qué consiste el parapente. Le digo que es una variante fascista del ya de por sí fascista ejercicio de dejarse caer, así porque sí, sobre los pueblos tranquilos.

Imagino que va a decirme que no me disperse cuando de repente se encoge de hombros —como tratando, supongo, de decirme que todo eso que le cuento le importa un rábano— y me sorprende diciéndome todo lo contrario:

—Te estás yendo por las ramas, que es adonde van a parar las vulgares y malas paracaidistas. Anda, recuerda dónde estabas. Vuelve atrás. Creo que le estabas empolvando la nariz a esa señorita llamada Beatriz.

Parece, pues, que la tensión entre las dos está disminuyendo notablemente. Ya no hay casi rastros de reproche por haberla dejado sola durante tres días. Pero no deja de ser lamentable comprobar que se toma a risa mi historia. Está claro que no cree ni una sola palabra de lo que le cuento. Seguro que está pensando que me he ido con Fernando a pasar el fin de semana a Salou, y punto. Pero su inesperado buen humor me reconforta. Me recuerda al de Fernando cuando llegué a Cerler y, creyendo que le iba a encontrar muy inquieto cuando no desesperado, me sorprendió recibiéndome con una mueca muy alegre y distendida.

—¿Qué sucede? —le pregunté yo a Fernando, algo extrañada—. Esperaba encontrarte con problemas y me recibes de un excelente buen humor.

Al igual que ahora, había como una amenaza de tormenta en el ambiente.

—Debe de ser —me contestó Fernando— que este clima, este clima de altura me sienta bien.

Yo aún no había entrado en la casa, estábamos todavía en el portal. De repente me di cuenta de que había tenido siempre un gran ascendente sobre él y que yo era tal vez la única persona del mundo capaz de alegrarle, quizá porque era la única que conocía su secreto y, por tanto, la única con la que, llegado el caso, podía realmente desfogarse.

—Pasa, Ana María —me dijo—. Pasa y verás qué divertido. En la salita está Beatriz con su flamante novio. Estoy seguro de que no te imaginas cómo es.

Y a duras penas contuvo su risa.

Pensé en un enano, en un travestí disfrazado de buzo, en un loco de pelo rojo, en un tenista con raqueta incluida, en un incendiario, en un hombre muy peludo, en un apuntador de teatro disfrazado de misionero, en un agente de bolsa y hasta en un monstruo con tres ojos y cinco orejas en la espalda. Me moría ya de curiosidad cuando, al ir a entrar en la salita, Fernando me susurró al oído:

—Es un saharaui.

Conociendo los novios de Beatriz no era algo especialmente sorprendente. Y tampoco era algo que hiciera reír, yo no le veía la gracia por ningún lado. Pero Fernando sí se la veía y eso, después de todo, era mejor que lo contrario; era preferible que aquello le pusiera de tan buen humor. Mejor así, me dije. Porque si de algo él siempre había pecado era de un excesivo, casi brutal, dramatismo, siempre provocado por su incorregible tendencia a la desmesura. En todo exageraba. En su profunda aflicción, por ejemplo, por España, a la que veía hundida eternamente por nuestra congénita incompetencia en todo. Se avergonzaba tanto, por ejemplo, de nuestro pasado político que a veces, llevado por su exageración sin límites, había llegado a sentirse el responsable único de todos los desmanes de nuestra historia, lo que le llevaba a convertirse, claro está, en el ser más apesadumbrado de la tierra. Su bisabuelo, abuelo y padre habían sido diplomáticos o militares, pero eso no justificaba lo desmesurado de su actitud en esas ocasiones. Fernando era uno de esos tristes que de tarde en tarde se sienten de pronto responsables de nuestro nefasto pasado. Y, claro está, se hunden como nadie.

Su incorregible tendencia a la desmesura se reflejaba también en la cuestión del amor, pues qué otra cosa es amar desmesuradamente sino amar con una extraña profundidad, silenciosamente, sin ser correspondido. En todo exageraba. Y mientras me decía todo esto, me pregunté si no sería que quienes aman de esta forma son siempre personas que piensan que el amor es lo esencial y ven en el sexo tan sólo un accidente. Para mí, Fernando estaba enamorado de la idea del amor y conocía, por tanto, la única fórmula para que éste dure toda una vida.

La abuela interrumpe mis pensamientos.

—¿Puede saberse qué te pasa ahora? —me dice—. ¿Se te ha tragado la tierra? Anda, recuerda dónde estabas. Le empolvabas la nariz a la señorita Beatriz, ¿te acuerdas?

Se oye un fuerte trueno. Cada vez está más cerca la tormenta. Apago mi cigarro y enciendo otro. Le digo:

—Ah, sí. Y el novio de ella, fíjate qué curioso, era de nacionalidad saharaui.

—No me digas —dice la abuela, con cierta sorna.

—No me crees, ¿verdad?

—No —dice.

Me digo que da igual y continúo, necesito continuar. Le cuento la cena entre los cuatro en un restaurante del pueblo. Le explico que, al principio y a petición de Fernando, me tocó hablar mucho a mí y que conté la historia del billete que voló en mi infancia.

—Recuerdo —les dije— una de las primeras noches de mi vida, en una casa de campo, muy pobre. La ventana estaba abierta, y se avecinaba una gran tormenta. Soplaba el viento. Llegó un hombre con un papel y una cifra escrita en él. En cuanto mi madre y mi abuela le abrieron, entró al instante en la habitación a coger el dinero que había sobre la mesa. Pero tal vez porque la puerta abierta había creado una corriente, el viento que estaba fuera torneó de improviso por la habitación y robó literalmente el dinero que estaba sobre la mesa: un billete de mil pesetas. Este billete era el alquiler. Lo robó y se lo llevó, por la ventana, hasta un bosque que estaba al otro lado del camino. Inmediatamente mi abuela corrió afuera, corrió al bosque a buscar las preciosas mil pesetas. Y mientras tanto se oían truenos, empezaba a llover, y mi madre rogaba al hombre con infinitas palabras tiernas y suplicantes que nos perdonara: ¡el viento había robado el alquiler!

Como era de suponer, mi abuela protesta enérgicamente. Me dice que esa historia, que ha oído ya mil veces y que me la he inventado o la he leído y robado en alguna parte, es indignante, pues resulta vergonzoso que vaya contando por ahí algo que no es en absoluto cierto.

—Mira que decir que fuiste pobre en la infancia. Hasta ahí podíamos llegar —me dice.

—Yo no digo que fuera pobre en la infancia. Lo fui, pero en fin, si tú te empeñas en decir que no... Yo no digo eso exactamente, sino que me dedico a evocar un miedo universal: cierta amenaza que flota siempre en el ambiente; el Bosque y el Viento robando el dinero de las niñas, robando el dinero en las casas, y escondiéndolo para llevar a la gente a la desesperación.

Mi abuela continúa furiosa, e insiste en que es indignante que diga que fui pobre en la infancia. Y yo, en vista de que se enfada tanto, le digo que la historia del viento que robó el dinero ya no la contaré nunca más por ahí (ya tenía ganas, después de todo, de olvidarme de ella) pero que, eso sí, es conveniente que sepa que hasta ahora esa historia siempre me resultó muy útil para justificar ante la gente mi miedo a salir de casa. Eso la calma notablemente. Me dice que podría habérselo dicho antes.

—Porque todo el mundo —y ahí remato la faena— sabe que yo no soy de las que salen por gusto fuera de casa. Pero siempre andan preguntándome a qué se debe esto. Me lo preguntan como también me preguntan por qué aún no tengo novio o por qué fumo tanto. Porque a mí me preguntan de todo, no sé por qué. De todo. Y yo para todo tengo respuesta. O la tenía, porque como ahora he renunciado a la historia del billete que voló, ya veremos qué les cuento. Pero en fin, renuncio a esa historia que, por otra parte, yo creo que encerraba una idea muy melancólica que servía para explicarlo todo.

La abuela, como queriendo compensar la tiranía de haberme prohibido la historia, me dice que siga contándole cómo fue esa cena tan interesante en el restaurante de Cerler. Le digo que bebimos mucho y que el saharaui, que se llamaba Idir, no hacía más que crear una gran tensión pues apenas pronunciaba palabra y sólo se dedicaba a mirarnos fijamente a los ojos como reprochándonos algo, como si estuviera censurando nuestra frivolidad de restaurante. Y como por su parte Fernando, con su peculiar conducta de anfitrión, no hacía más que aumentar la ya de por sí gran tensión («Mañana subiremos todos al pico del Aneto», nos decía de vez en cuando, yo creo que en tono amenazador y también desafiante), la cena resultó un completo fracaso.

Se le escapa a la abuela una nueva e irritante risita de incredulidad. Y yo siento ya deseos de mandarlo todo a paseo, decirle ya de una vez a la abuela que Fernando ha muerto, que ayer le enterramos en Cerler y que yo estoy destrozada y siento vértigo ante la vida. Ya nada será como antes. Decirle todo eso de golpe, sin más contemplaciones, y luego retirarme a mi habitación a llorar y a pensar en el profundo amor que yo he sentido por Fernando, siempre en secreto, desde el primer día en que le vi. Sólo yo sé que nadie podrá sustituirle en mi corazón. Y mi desgarro es infinito.

Ahora la abuela fuma con repentina ansiedad. Soy consciente de que, si le digo de golpe que Fernando ha muerto, puede tener una recaída brutal en su ya de por sí maltrecha salud. Sin embargo, esa risita de incredulidad me saca de quicio. Soy capaz de cualquier cosa para acabar con la maldita risita. Dios mío, por qué no querrá creerme. Pero no, no voy a decirle las cosas de una forma tan brutal, tengo que prepararla para la noticia. Voy a tratar de seguir contándoselo de una forma suave, muy lentamente, tal como me he propuesto desde un principio. Pero me enerva, no puedo evitarlo, esa actitud de sorna y desconfianza y ese ridículo resentimiento por haberla dejado sola por tres días.

—De vez en cuando —le digo— caían paracaidistas sobre el pueblo, y uno cayó sobre el flan que pedí de postre.

Me mira como pensando que soy una desgraciada. Y de repente, como si hubiera leído en el fondo de mi alma toda mi tragedia, me pregunta:

—¿Tú estás enamorada de Fernando? ¿No es eso? ¿Crees que tu abuela no se ha dado cuenta? Pero ¿no será ese Fernando un amor imaginario? ¿No será simplemente la figura de un sueño?

Me contengo como puedo. Voy a romper en llanto. Ya no le veo sentido a la vida. De nuevo me siento tentada de decirle que Fernando ha muerto, y luego que pase lo que tenga que pasar. A fin de cuentas, qué importa ya todo. Pero acabo retomando como puedo el hilo y le repito que bebimos mucho y que a Fernando se le veía cada vez más divertido pero también más peligrosamente enloquecido.

—Tras la cena —le digo— regresamos a casa. No había entre nosotros demasiado buen ambiente que digamos. Encendimos el fuego. ¿No es maravilloso en pleno agosto poder hacerlo? Beatriz, muy ilusa la pobre, no paraba de buscar con los ojos nada menos que la aprobación de Fernando a su nuevo novio. Idir miraba y miraba. Hacía frío y el clima era, tal como decía Fernando, de altura. Y en todos los sentidos. Porque Fernando parecía definitivamente instalado en la helada y solitaria cima de su gran pasión por Beatriz. Clima de altura en el que el filo casi visible de un cuchillo cortaba el aire.

—No puedo creerte —dice la abuela, esta vez yo creo que para molestar.

Vuelvo a Idir. Le digo que miraba y miraba y que, aunque lo hacía teóricamente con profundidad, parecía que sólo supiera hacer eso. Fernando, que se mantenía de un buen humor impecable, comenzó a mirar y a mirar a Idir, y finalmente no pudo más y le dijo:

—Una pregunta, amigo Idir, sólo una pregunta. —Era la primera vez que se dirigía a él en toda la noche—. Vamos a ver. Vamos a ver si puedes aclararme lo siguiente. La pregunta es ésta: ¿Por qué razón debemos tener dos ojos si la visión es una, y uno es el mundo? Y otra pregunta: ¿Dónde se forma la visión?, ¿en el ojo o en el cerebro? Y si es en el cerebro, ¿en cuál de sus zonas?

Le digo a la abuela que era evidente que Fernando estaba ya muy borracho. Idir sonreía diplomáticamente. También era evidente que, a pesar del buen humor de Fernando, en cualquier instante aquello podía convertirse en un polvorín. Beatriz, con su despiste habitual, no lo advirtió, y eligió precisamente ese momento para anunciar que Idir y ella iban a casarse a final de mes. Idir lo confirmó y dijo que sería en el Pilar.

—Qué mal gusto —comenta la abuela.

Le digo que esto es lo de menos y que lo importante —la voy preparando como puedo— es lo que vino después. Fernando bebió más, mucho más. Y cada vez estaba más simpático.

—Me has dicho que eres cubano, o no, perdona, filipino, guineano, ¿de dónde diablos me has dicho que eres? —le preguntó a Idir.

Tal vez éste se sintió algo maltratado, pero no pareció concederle mayor importancia o supo disimularlo muy bien; después de todo, se notaba que Fernando había bebido mucho. Idir se limitó a decir, en un tono de voz amable, que era saharaui.

—Y del Polisario, ¿no? —preguntó Fernando con los ojos algo fuera de órbita.

—Por supuesto —contestó Idir y, tal vez para no ser tan parco como hasta entonces, se extendió algo más en la respuesta y habló de la gran tragedia que vivía su pueblo, condenado al doloroso exilio y a la guerra en el desierto.

Le puso en bandeja a Fernando uno de sus temas predilectos: el del bochornoso pasado colonial español. Pero a diferencia de otras ocasiones —inocentes diatribas contra Hernán Cortés y Pizarro, la batalla de Annual o los últimos de Filipinas—, y tal vez porque había bebido desmesuradamente, el lamento por el pasado y presente político de España sonaba francamente duro y desgarrador. Noté en las palabras de Fernando una autenticidad mayor de la que estaba yo habituada. Y percibí el reflejo de un dolor y un bochorno tan profundamente arraigados, que me estremecí.

Idir, que no acababa de comprender muy bien lo que pasaba, seguía cargando las tintas —posiblemente ya sólo por cortesía y por no llevarle la contraria a su anfitrión— y no hacía más que enfatizar los errores de la administración colonial española, con lo cual creaba aún mayor caldo de cultivo para la excitación de Fernando que, a medida que pasaban los minutos, iba asumiendo ya en su plena totalidad los errores políticos de sus antepasados. Cada dos por tres, Idir citaba el nefasto Pacto Tripartito que condenó a su país a la guerra. Y cada vez que ocurría, Fernando se hundía aún más en su sofá, abrumado porque se sentía el único responsable de tanto error en el pasado. Hasta que en un momento determinado perdió la brújula y comenzó a cargar también con los errores coloniales de Francia.

—Qué días más bochornosos aquéllos —dijo—, días pasados a las sombras de las palmeras, con rebaños de cabras ramoneando en los bordes de las pozas y, por encima de nosotros, la noche luminosa del desierto. Qué días aquellos más sórdidos y vergonzosos, vividos junto a las caravanas que pernoctaban en los viejos mesones mientras nosotros, impasibles y fascistas, bebíamos sin cesar Cap Corse y leíamos *Le courrier du Maroc*.

Idir se sintió en la obligación de advertirle que había desplazado su sentimiento de culpa hacia el país vecino, hacia Francia, y que ésta nada tenía que ver con lo que estaban hablando. Fernando apenas le oyó. Se levantó para ir al lavabo y, al pasar junto a mí, señaló con disimulo a Beatriz y me susurró al oído:

—Nadie puede abrazar su alma. ¿Te das cuenta, Ana María? Nadie puede abrazar el alma de nadie.

Lo dijo con desesperación. Pensé si no habría estado él representando toda una farsa para encubrir su dolor ante la boda de Beatriz. Cuando regresó del lavabo, era la palidez misma.

—Bueno —nos dijo—. Será mejor que nos acostemos. Mañana hemos de subir al Aneto.

Se había creado cierto clima de altura junto al fuego. Aquél fue tal vez el momento de mayor intensidad de la noche. Fue también la última vez que vi a Fernando con vida. Se encerró en su habitación mientras nosotros nos quedábamos un rato más en la salita comentando lo raro pero divertido que había sido todo. Mañana será otro día, dije yo. Y en ese momento sonó, seco y duro, el pistoletazo con el que él se quitó de en medio.

—Porque Fernando ha muerto —le digo de sopetón a la abuela, no he podido evitar decírselo de otra manera. Pero se lo he dicho con cierta calma y distanciamiento, eliminando todo dramatismo. Como si fuera un cuento.

La abuela me mira incrédula.

—Bueno, ¿tampoco me crees ahora?

—No —dice.

Sigue creyendo que todo es una burda invención mía. O tal vez es que simplemente prefiere ver las cosas de ese modo.

—¿De verdad que crees que invento? —le digo.

—Sí —dice.

Se me ocurre que tal vez estén mejor así las cosas. Y decido resignarme a que ella no me crea, aunque es terrible porque eso aumenta mi soledad, mi desesperación.

—Fernando —concluyo ya sin ánimo, pero prefiero concluir— dejó una carta. En ella explica que, como se estaba muriendo literalmente de vergüenza, de la vergüenza de ser español, prefirió no prolongar tanto sufrimiento y darse muerte él mismo. Pero pienso que es difícil creer en la sinceridad de esas palabras. ¿Ha existido alguien alguna vez que se haya muerto realmente de vergüenza?

—Sí —dice la abuela.

—Pero yo más bien creo que hasta el último momento amó a Beatriz con todas sus fuerzas y que con esa carta tan sólo quiso encubrir el verdadero motivo por el que se mataba. Hasta el último momento la amó en silencio y desesperadamente y sin duda no deseaba turbarla y disfrazó de protesta lo que no ha sido más que un acto de pasión. ¿No te parece?

La abuela no responde, está vaciando su cenicero. Yo estrello otro cigarro contra el ventilador.

—¿Sigues sin creerme? —le digo.

—Te creo, Ana María, te creo.

Aunque la ve como ficción, le interesa ahora mi historia lo suficiente como para creer en ella. Algo es algo. En compensación, yo dejo que se desgarre mi realidad.

—¿Estás convencida de que se ha matado por pasión y no por protesta? —me dice.

—Eso habría que preguntárselo a él.

—¿Y tú no lo podrías hacer?

El cielo está muy encapotado, se oye un nuevo retumbar potente de truenos. Cierro las ventanas para que el viento no robe mi historia.

—¿Y tú no lo podrías hacer, Ana María?

—Sería tan imposible como preguntarle algo a la imagen de un sueño, al hombre de mi vida.

EL COLECCIONISTA DE TEMPESTADES

Pasé los dos mejores años de mi juventud restaurando obras de arte en la ciudad de Bérgamo, al norte de Italia, y allí fue donde tuve ocasión de conocer a un hombre que a mí siempre me ha parecido excepcional: Attilio Bertarelli, conde de Valtellina. En Bérgamo le conocían por *il condottiere*, pero yo desde aquella visita que un día le hice a su palacio de Città Alta opté por llamarle simplemente *il maestro* o, mejor dicho, Maestro, sin el artículo y con mayúscula (que bien se la merecía), y así voy a seguir llamándole ahora que me he decidido, al final ya de mis días, a evocar la tarde aquella de otoño en que fui invitada al palacio de Città Alta para ver las novedades que él había ido incorporando a la cripta que en los sótanos del palacio guardaba los restos de su joven esposa, la bella Vizen, que había fallecido a principios de aquel año de violentas tormentas en la no menos bella, aunque sobrecogedora, ciudad de Bérgamo.

La antigua ciudad, Città Alta, está construida sobre una roca de gran altura desde la que puede contemplarse la ciudad nueva, la de los comerciantes y artesanos: la Città Bassa, un conjunto arquitectónico más bien deplorable y vulgar. Arriba, en la impresionante y misteriosa Città Alta, en el laberinto de callejuelas entrecruzadas, la oscura Edad Media italiana continúa viva. De esa Città Alta, inmóvil en su picacho, ya escribí en uno de mis cuentos, hace ya mucho tiempo, que era silenciosa y temible como un *condottiere* envejecido y ocioso. Pensaba sin duda en Maestro, que vivía en una de las calles más sombrías, empinadas y estrechas de Città Alta, en un no menos empinado y ennegrecido palacio y en la más absoluta y radical —había despedido a todo el servicio— soledad desde que la bella Vizen, la joven bailarina valenciana, la hermosísima Vizen, le había dejado para siempre.

En la puerta del palacio, y a los pocos días de la muerte de su mujer, Maestro había hecho grabar en latín una desconcertante inscripción que a sus amigos —que sólo le veían en el mercado, fugazmente, a primera hora de la mañana— hizo pensar que tal vez *il condottiere* estaba rozando la desesperación o, simplemente, había enloquecido. Decía la leyenda: PRONTO QUEDÓ TERMINADA LA MITAD IZQUIERDA DEL CUADRO. Cuando alguien le preguntaba por esa inscripción, Maestro aceleraba sus compras en el mercado y desaparecía silbando canciones trágicas.

—¿Qué significa esa inscripción en la puerta? —me apresuré a preguntar yo, aquella tarde de otoño, en cuanto crucé el umbral del ennegrecido palacio. Tuve el valor de preguntarlo porque el hecho de que de todo Bérgamo sólo confiara en mí («a nadie le contarás lo que veas en la cripta») me daba cierta fuerza y seguridad.

—Anda, pasa —se limitó a decir Maestro sonriendo.

Había en realidad una pregunta mucho más urgente a formular. Saber por qué sólo yo había sido invitada a conocer las novedades que había incorporado en la cripta. Pero cuando iba a hacerle la pregunta, Maestro cerró la puerta del palacio y me preguntó la hora.

—Ya sabe —le dije— que nunca llevo reloj, pero supongo que serán las siete. Creo haber sido puntual a la cita.

Rió enigmáticamente.

—Sí, es verdad —dijo—. Sé perfectamente que no llevas nunca reloj. Anda, sígueme. Ahí al fondo del salón tienes un cuadro.

Señaló un lienzo que estaba situado entre las dos columnas de roble que flanqueaban la chimenea y el escudo de armas de los Valtellina. Bajo el escudo estaba escrito, también en latín, el extraño lema de la familia: BUSCAMOS SIEMPRE EL LADO INMÓVIL DEL TIEMPO. El lienzo reproducía la cripta en la que la bella Vizen reposaba junto a la sepultura, abierta y vacía, en la que un día reposaría Maestro.

Dos tumbas, una cripta de techo muy alto. Y en conjunto un espacio muy espectacular y que yo conocía muy bien porque había asistido al patético entierro de la bella Vizen. En el cuadro, a la izquierda del espectador, podía verse el cuerpo —muy luminoso— de la joven esposa, que parecía atada por una infinidad de ligaduras aladas. A la derecha, la tumba abierta y vacía que esperaba a Maestro.

—Pronto quedó terminada la mitad izquierda del cuadro —dijo éste.

Sólo entonces me di cuenta de que la parte derecha del lienzo no estaba del todo acabada.

Al fondo de la cripta que reflejaba el cuadro, un vigilante de silueta femenina y atuendo de faraón egipcio permanecía en actitud muy rígida, como si estuviera tremendamente inmóvil. Quedé algo turbada porque la figura se parecía mucho a mí misma.

—¿Y quién es? —pregunté.

—Digamos —dijo Maestro sin vacilar— que es el lado eterno del Tiempo, su lado inmóvil.

—No lleva reloj —bromeé estúpidamente—. En eso se parece a mí.

Maestro no contestó. Pasamos a sentarnos en los sillones que flanqueaban la chimenea, el escudo de armas y el cuadro inacabado que Maestro dijo que pensaba terminar en muy breves días.

—Antes de ver las novedades de la cripta, has de jurarme, una vez más, que nadie ha de saber que has venido a verme.

—Lo juro —dije.

Eso dije y de pronto me entró un absurdo temor. Mi imaginación se desbocó por momentos. ¿Y si Maestro era un asesino y deseaba encerrarme en la cripta para siempre? Entonces recordé un cuento fantástico en el que una muchacha queda encerrada con un hombre en una cripta que no tiene picaporte interior. El hombre entonces comenta que la puerta los ha encerrado a los dos. A los dos, no (le dice ella). A uno solo. Y dicho esto, pasa a través de la puerta y desaparece.

—Una pregunta —le dije—. ¿Por qué sólo yo puedo conocer las novedades de la cripta?

Maestro se movió inquieto en su sillón y me miró con su extraña pero más que cálida ternura visual. Eso me devolvió a la realidad. Si algo no era Maestro era un asesino.

—No sé si me entenderás —comenzó a decirme—, pero yo tengo una teoría...

Me explicó que en su opinión el hombre, después de la muerte de Dios, sigue sintiendo la necesidad de que alguien le observe.

—Eso nos ha llevado —dijo— a inventarnos vigilantes sin ninguna trascendencia. Tú misma reúnes las condiciones para ser una adorable pero trivial vigilante de lo que yo hago, de lo que yo he construido en la cripta de mis amores. Trivial, sí. Pero absolutamente necesaria. Porque yo preciso de la mirada trivial de alguien que sepa ver la obra que estoy a punto de culminar en la cripta.

Echó dos leños al fuego de la chimenea, y añadió:

—Alguien que sepa verla y no escandalizarse. Que sepa verla y, además, sepa vigilarla toda la eternidad. Por eso te pedí que vinieras.

No entendí casi nada de lo que me decía, pero sus palabras, al lado del fuego, sonaban hermosas, muy especialmente la palabra «eternidad» que yo había comenzado a relacionar, sin saber muy bien por qué, conmigo misma y también con el lado inmóvil del tiempo, que no sabía en qué consistía exactamente, pero seguro que era algo (me dije) apasionante.

—Quiero —prosiguió Maestro— que antes de bajar a la cripta conozcas cómo funcionaba el reloj despertador que yo inventé hace unos treinta años. Era un invento muy simple. Ya sabes que, por lo general, mis inventos siempre han sido muy complicados, pero ese reloj tenía un mecanismo muy sencillo.

Hizo una breve pausa, contempló la espléndida evolución del fuego en la chimenea.

—Supongo que te preguntarás por qué quiero explicarte cómo funcionaba ese reloj despertador. Pues verás, yo creo que si entiendes el elemental mecanismo de ese reloj de hace treinta años podrás comprender bastante bien el funcionamiento del invento que estoy poniendo en marcha en la cripta. Se trata, debo advertírtelo, de un invento bastante cómico. El reloj despertador también lo era. Pero es que también la muerte lo es. Para mí, la muerte es un reloj despertador muy cómico. ¿No opinas lo mismo?

Yo no opinaba. ¿Cómo iba a hacerlo si no entendía casi nada de lo que me estaba diciendo?

—Hubo una época —continuó él— en la que a mí no había forma de despertarme. Tenía sueños muy profundos. Ningún reloj me servía. Tuve que construirme mi propio despertador. Su funcionamiento, basado en un eficaz sistema de poleas movibles, varillas, cronómetros y otras zarandajas, era el siguiente: sonaba, con notable estruendo, una campanilla y, si ésta no surtía efecto, le eran automáticamente retiradas al durmiente las ropas de la cama, se inclinaba el colchón y el soñador era depositado en el suelo; como éste siguiera sin despertarse, automáticamente la máquina le arrancaba de la cabecera violentamente el gorro de noche y delante de su nariz aparecía un cartel ordenándole que se levantara; si, pese a todo esto, el durmiente se resistía, un reloj de agua, situado sobre su rostro, se desbordaba; tras este despertar húmedo, que era también lavabo, aparecía, bajo los compases de una canción napolitana, una soberbia taza de café.

—Bonito despertar —dije por decir algo y no quedarme allí callada como una tonta.

Entonces me explicó cómo funcionaba el eficaz y muy sencillo (según él) sistema de poleas movibles, varillas, cronómetros, arandelas, conos inmateriales, reflectores opacos, bombillas, cilindros, celdas focales, lentes, círculos de cobre, espejos, agujas imantadas, botones magnéticos y otras zarandajas gracias a las cuales era posible el impecable funcionamiento del reloj despertador que actuaba automáticamente a partir del estruendoso sonido de la campanilla, ya que ésta contenía en su interior toda la memoria de los gestos que, a partir de entonces y en caso de no ser frenado por la víctima, debía realizar la infernal máquina hasta desembocar en una graciosa lluvia de agua sobre el rostro del empedernido durmiente.

—En la cripta —me anunció cada vez más enigmático— pretendo sustituir la graciosa lluvia por el golpe certero de un rayo que ha de fulminar a la víctima que descansará en la tumba vacía. El agua del reloj de antaño pertenece ahora tan sólo al recuerdo o, mejor dicho, al campo magnético de la evocación de tempestades ya pasadas y que desembocan en la muerte del único ocupante vivo de la cripta, que muere partido por el rayo que él mismo ha fabricado con la intención de completar la parte derecha del cuadro.

Debí de poner una cara inmensa de desconcierto, porque me dijo a continuación:

—Ya veo que no entiendes nada, y es lógico. Será mejor que bajemos a la cripta y ahí, a la vista de lo que estoy construyendo, tal vez comiences a comprender en qué consiste mi proyecto de autoinmolarme a través de un rayo de fabricación propia.

Maestro se levantó del sillón y acudió a un armario cercano regresando con dos cascos y una maciza llave que poco después introdujo en la cerradura de la puerta abombada de la cripta. Para que la llave funcionara agitó en su mano izquierda un extraño objeto que, según dijo, también era de su invención: un bocal cilíndrico y transparente que, provisto de un gran tapón de corcho atravesado por un tubo metálico, tenía la sorprendente propiedad de mostrar en la parte de abajo (siempre que de pronto se hiciera la oscuridad más absoluta) un conjunto luminoso de sales químicas —diez en total— de las que se sentía enormemente orgulloso y que, según me dijo, parecían en realidad graciosos cristales en cada uno de los cuales, a causa de un sofisticado efecto óptico, parecía que se estuviera reproduciendo con admirable fidelidad una de las diez tempestades más colosales del siglo.

—De tempestades —me dijo— creo saber algo. Durante un largo período de mi vida me dediqué a escribir cartas a los amigos que yo tenía en Leipzig, Dresde, Milán, Bellagio, Brescia y Capodilmonte pidiéndoles descripciones de las más recientes tormentas que habían presenciado en sus ciudades. Mis empapados cronistas han muerto ya todos, pero su vida no ha sido una pasión inútil, pues ha quedado plenamente justificada gracias a las precisas, desinteresadas, detalladísimas y entusiastas descripciones de tormentas que me hicieron por carta. Gracias a ellas, hoy puedo afirmar que no hay una sola tempestad que se parezca a otra. Todas las tormentas son terriblemente singulares. Y gracias también a todas esas generosas cartas, diez tempestades, perfectamente seleccionadas, están reproducidas, pienso que con inmejorable acierto, en las sales químicas o graciosos cristales que, cuando llegue mi hora, es decir, cuando haya perfeccionado mi invento, me ayudarán, en visión eléctrica, postrera y de carácter extraordinariamente único, a un *bel morir* en la cripta.

Al ver que la llave funcionaba sin problemas y que la puerta se abría, me pidió que me colocara el casco, que en un principio yo pensé que había sido diseñado para prever accidentes en el interior de la cripta. Pero el casco, que era muy extraño y estaba coronado por una aguja horizontal redonda y móvil que, fuertemente imantada, imitaba de vez en cuando el ruido de un trueno, no servía para prever accidentes, sino para orientarse en la cripta en el caso de que, antes de que él lograra terminar lo que denominó rayo mortal y definitivo, se produjera un cortocircuito.

Cuando me hube colocado debidamente el casco, me pidió que le siguiera con mucha cautela por la escalera de caracol que descendía hacia la cripta. La barandilla era sumamente traicionera. De vez en cuando se interrumpía bruscamente y daba paso al vacío más aterrador. Había que bajar con los ojos muy abiertos, con el ritmo del corazón algo acelerado, puntuado ferozmente por el ruido discontinuo de un trueno caprichoso.

En la barandilla, y ante mi más absoluto asombro vi inscrito en luminosas letras el lema del escudo familiar de los Valtellina: «BUSCAMOS SIEMPRE EL LADO INMÓVIL DEL TIEMPO». En el vértice superior de la *t* de la palabra «tiempo», había un botón de color escarlata que, si lo pulsabas (y lo hice a instancias de Maestro), daba paso a un enceguecedor zigzag de fuego ficticio que se recortaba en la cúpula de la cripta y terminaba en la punta de un pararrayos también falso. Era una nueva ilusión óptica. Cuando ésta, muy fugaz concluía, daba paso a un simulacro de viento que arrastraba nubes hacia el suelo de la cripta. Un trueno se alejaba velozmente y poco a poco se iba creando la sensación de que el cielo se iba despejando —el cielo ficticio de la cúpula— y un espléndido claro de luna —un homenaje delirante a la luna de Valencia, la ciudad de la bella Vizen— brillaba durante tres segundos en lo más alto de aquella singular habitación funeraria.

Una vez situados, tras un descenso ciertamente peligroso pero cargado de emociones, frente a la tumba de la bella Vizen, comenzó Maestro a instruirme acerca de su labor extraña y paciente, acerca de cómo había logrado convertir la cripta en un cautivante espectáculo dirigido a conseguir —calculaba que le faltaban dos o tres semanas de trabajo— una obra perfecta gracias a la cual, cuando ésta estuviera del todo concluida, él podría colocarse en su ataúd, junto al de la bella Vizen, y simular que había muerto y que nada ni nadie podría despertarle al tiempo que accionaba el botón clave de su impecable invento y ponía en marcha una sucesión endiablada de fenómenos eléctricos deslumbrantes que desembocarían en una visión última muy arrebatadora: la perfecta reproducción al unísono de las diez tempestades más activas y feroces del siglo hasta acabar en un efecto óptico por el cual todas las tempestades se superpondrían unas a otras y, bajo la música relajante de una canción napolitana y gracias a la fusión de la gran energía de las diez tormentas en la modesta y mínima energía de las tempestades representadas en la parte inferior del bocal transparente, acabarían proyectando el efecto final y mortal durante tantos meses buscado, el efecto definitivo: ese tan esperado rayo colosal que le partiría su alma de inventor y, acto seguido, cerraría la losa de su tumba para toda la eternidad.

—Y yo de vigilante —dije y me tapé la boca de vergüenza al darme cuenta de la tontería que había dicho.

—Anda, subamos al salón. Ya has visto lo que tenías que ver —me dijo Maestro en voz suave y cariñosa.

Mientras subíamos por la peligrosa escalera de caracol, yo estornudé. Tuve la impresión de que abajo en la cripta me había constipado.

De nuevo junto al fuego, Maestro me preguntó si me había resfriado. Le dije que no para que no se sintiera culpable, pero lo cierto era que había una gran diferencia entre aquella cripta alucinante y estar junto a la chimenea.

—Como todos los otoños —dijo Maestro—, se van los patos y vienen los microbios.

Me contó entonces cómo algunas momias egipcias muestran síntomas de neumonía, pulmonía y otras formas afines de catarro común.

—Sería gracioso —comentó— que después de tantos preparativos para vivir un *bel morir*, un simple constipado me segara la vida.

Reímos, sobre todo él, que encontró muy divertido lo que acababa de decir. Después, me contó la muerte de Benjamin Franklin, el inventor del pararrayos, que creía que dormir con la ventana abierta era una práctica sana y fortalecedora de los pulmones. Se pasó toda la vida afectado por un catarro crónico, a pesar de lo cual seguía durmiendo con la ventana abierta. Es más, adquirió el hábito de madrugar y, con la ventana abierta, trabajar desnudo en su escritorio durante una hora en el verano y media hora en el invierno. La consecuencia fue que su salud se deterioró de tal modo que los últimos años de su vida los pasó en la cama, a pesar de lo cual seguía con la ventana abierta, lo que provocó que finalmente muriera de una neumonía brutal.

—Pobre Franklin —dije, y volvimos a reír juntos. Yo sabía que Maestro se mataría en cuanto lograra redondear el mecanismo de su gigantesco reloj despertador, en este caso aletargador. Eso a mí, como es lógico, me provocaba una pena y tristeza infinitas pero, viéndole tan entusiasmado con su invento, resultaba difícil oponerse a sus planes suicidas.

A las nueve de la noche dejé el palacio de Città Alta. Caminé con el corazón encogido hacia el funicular que había de llevarme a Città Bassa, donde yo vivía con una amiga, también restauradora, a la que nada conté de lo que había visto en el ennegrecido palacio. Una semana después, Maestro dejó de aparecer a la hora acostumbrada en el mercado. Pasados tres días sin que fuera visto, sus amigos forzaron la puerta del palacio y descendieron a la cripta, que hallaron abierta. Entre descargas de truenos y visiones de tempestades lejanas encontraron el cadáver de Maestro que, según todos los indicios, se había visto sorprendido por un ataque al corazón cuando estaba enlazando dos arandelas con un cronómetro.

No tuvo tiempo Maestro de concluir su gran proyecto. La muerte —siempre tan estúpidamente cómica— le sorprendió antes de poder ver acabada su obra. Todo Bérgamo quedó impresionado por la escenografía y magnitud mortal de la cripta. En ella le enterramos, el último día de octubre de aquel año, bajo la luna de Valencia y junto a los restos mortales de la bella Vizen. Al día siguiente, un periódico de Milán publicaba con sorda ironía la noticia: «Fallece cuando se disponía a suicidarse». A mí me parece que Maestro, de haberla leído, la habría encontrado tan estúpidamente cómica como la muerte misma.

PERO NO HAGAMOS YA MÁS LITERATURA

Pero no hagamos ya más literatura. Por este mismo correo (o mañana) te envío, certificado, mi cuaderno de versos, que guardarás, y del que podrás disponer para cualquier fin como si fueras yo mismo. (...) Adiós. Si mañana no consigo la estricnina en dosis suficientes, me arrojaré al metro... No te enfades conmigo.

MARIO DE SÀ-CARNEIRO
(en carta a Pessoa del 31-3-1916)

ÍNDICE

El papel utilizado para la impresión de este libro
ha sido fabricado a partir de madera
procedente de bosques y plantaciones
gestionados con los más altos estándares ambientales,
garantizando una explotación de los recursos
sostenible con el medio ambiente
y beneficiosa para las personas.
Por este motivo, Greenpeace acredita que
este libro cumple los requisitos ambientales y sociales
necesarios para ser considerado
un libro «amigo de los bosques».
El proyecto «Libros amigos de los bosques» promueve
la conservación y el uso sostenible de los bosques,
en especial de los Bosques Primarios,
los últimos bosques vírgenes del planeta.

Papel certificado por el Forest Stewardship Council®

TROPEZAR INCIAMPARE
TARRO BARATTOLO
TORPEZA CLUMSINESS/DIMNESS
BESUGO = SEA BREAM /IDIOTA
SALTAR LA TAPA de LOS SESOS = to blow one's brain out
REVENTAR
ESTAR HECHA UNA PILTRAFA = to be on one's last
legs
RASGAR LA VESTIDURAS to pull one's hair out
BOSTEZAR = SBADIgliare
muñeca de trapo = bambola di pezza
BARBAS de CHIVO = pizzetto
OTORGAR = CONCEDERE